Jean-Philippe Blondel

La grande escapade

Gallimard

Jean-Philippe Blondel est né en 1964. Marié, deux enfants, il enseigne l'anglais en lycée et vit près de Troyes, en Champagne-Ardenne. Il publie en littérature générale et en littérature jeunesse depuis 2003.

À V. C.

PREMIÈRE PARTIE

PORTRAIT DE GROUPE

1

L'affaire dite de la corniche

C'est à ce moment-là que Philippe Goubert se rend compte qu'il est vivant.

Il est suspendu à une douzaine de mètres du sol, les mains agrippées à la corniche qui court tout le long du grenier du groupe scolaire, ses amis lui jettent des regards anxieux depuis la lucarne derrière laquelle ils se sont réfugiés et sa mère est en train de piquer une crise de nerfs en contrebas tandis que le camion des pompiers arrive toutes sirènes hurlantes, couvrant la voix du chanteur français d'origine batave qui s'échappe par la fenêtre de la cuisine de Nicole Desplanques et prie qu'une dénommée Vanina ne le laisse pas seul au monde. La brise de ce juin 1975 s'infiltre sous son tee-shirt (Philippe aime le mot « tee-shirt », même s'il n'est pas très bien vu au sein de sa famille de l'utiliser, puisqu'il s'agit d'un *anglicisme* et que ces satanés Yankees vont bientôt coloniser notre langue comme ils annexent les territoires asiatiques et sud-américains, il serait mieux d'utiliser l'expression « maillot de corps », et tant pis si elle semble légèrement vieillotte et exhale des parfums de Deuxième Guerre mondiale et de colonies françaises) et Philippe Goubert comprend qu'il est sur le point de mourir, à dix ans à peine. Il suffirait que ses doigts crispés et douloureux desserrent leur étreinte pour que son corps flotte un instant dans l'éther puis s'écrase dans l'allée du jardin public alors que sa mère tomberait cette fois carrément dans les pommes et que les pompiers se précipiteraient, mais trop tard, « on n'a rien pu faire, chef, le petit était déjà inerte ».

Ce qui est sûr, pense-t-il, c'est qu'on ne le reprendra plus à jouer à la pique sur les corniches du groupe scolaire. C'est Baptiste Lorrain, le meilleur ami de Philippe Goubert et son aîné d'un an, qui a eu cette idée saugrenue l'été dernier et toute la bande en a été émoustillée. Il faut dire que courir sur cette bordure de pierre d'un mètre de large qui longe les toits du bâtiment est exactement le type d'activité que recherchent les garçons : de l'aventure, de l'audace, du danger, de l'adrénaline, mais au sein d'un cadre familier. Et puis, tous ceux qui ont tenté l'expérience vous le diront : là-haut, quand on tutoie les cimes des arbres et qu'aucun édifice ne vient vous gâcher le soleil, on se sent le maître du monde. La seule chose à laquelle il faut évidemment prêter attention, c'est à ne pas trébucher quand votre camarade vous touche et que vous devenez à votre tour la pique, le loup ou l'un de ces noms dont on affuble celui qui a été plus lent que les autres et qui doit maintenant se venger. Or c'est justement ce qui s'est produit : Pascal Ferrant a touché l'épaule de Philippe Goubert dont les pieds se sont soudain emmêlés – en même temps il est tellement pataud, ce Philippe Goubert ! –, l'entraînant par-dessus bord. Il a tout de même eu l'instinct, au moment de sa chute, de se raccrocher à la corniche en poussant un hurlement de terreur, et ce au moment même où sa mère et Geneviève Coudrier débouchaient au coin de la rue, de retour du supermarché avec leurs cabas remplis à ras bord.

C'est donc là, entre ciel et terre, le regard accroché aux cumulus qui paressent, au milieu d'un invraisemblable tohu-bohu, que Philippe Goubert connaît sa première épiphanie. Il prend conscience des moindres parties de son corps, entend le sang qui bouillonne dans ses veines, ressent le périlleux engourdissement de ses doigts et assiste à la projection intérieure du très court film de son existence. Curieusement, une fois le premier choc passé, il n'a pas peur – ce dont il est le premier à s'étonner, puisque tout le monde le décrit comme un trouillard de première. Il s'est vite résigné à l'idée qu'il va mourir, et il se plaît à croire qu'à décéder aussi jeune, il restera dans les mémoires du quartier. Les habitants du groupe scolaire gommeront ses défauts, arrondiront les angles, le rendront héroïque et exemplaire. Un jour, un de ses anciens voisins publiera un roman qui portera son nom (*Philippe Goubert, un destin*), sera édité dans la célèbre

Bibliothèque Verte puis adapté en une de ces séries télévisées, rendez-vous incontournable du samedi après-midi. Les filles pleureront (surtout Nathalie Lespinasse), les garçons ravaleront leur salive et seront fiers de l'avoir connu. Ce sera beau. À ceci près que Goubert, dont les parents sont franchement anticléricaux, n'est pas du tout certain qu'il pourra assister à son apothéose. Le paradis, très peu pour lui.

Non, le mieux, ce serait quand même qu'il l'écrive lui-même, ce récit. Il enverra d'abord la nouvelle qu'il projette de rédiger au concours *Auteurs en herbe*. Puis, quand son histoire sera sélectionnée et portée au pinacle et que les jurys lui demanderont d'un ton doucereux s'il a déjà d'autres écrits en projet, il sortira devant leurs yeux stupéfaits son roman déjà tapé à la machine et les vieux barbons interloqués crieront alors au génie. Une assemblée de barbichettes blanches – sorte de réplique à l'infini du professeur Tournesol – aux mines ébahies tandis qu'un enfant leur dévoile un manuscrit, voilà le tableau qui se dessine dans l'esprit de Philippe Goubert tandis qu'en bas les pompiers coordonnent les secours, tendent leur bâche et déplient la grande échelle.

La suite se déroule dans un silence assourdissant – Philippe ne comprendra d'ailleurs jamais pourquoi le son lui a été coupé en ces instants de gloire. Il devinera l'ordre sur les lèvres du pompier – « Accroche-toi, petit » – et il contemplera, effaré et ravi, les visages tendus de tous les témoins qui l'encouragent (à part Pascal Ferrant qui semble bien articuler « enculé ») ; il les englobe tous de son regard, voisins, instituteurs et trices, directeurs et trices (dont sa mère, qui est à la tête de l'école maternelle, la plus méprisée des trois instances dirigeantes du groupe scolaire), habitants de la rue Denis-Diderot qui a également donné son nom à l'établissement. Il les photographie mentalement et se dit qu'un jour, il faudra quand même qu'il raconte cette anecdote, la course sur la corniche, la presque mort, le sauvetage et, surtout, puissante et incontrôlable, cette incroyable sensation d'être pleinement en vie – pour la première fois.

La seconde fois se produira à quelques minutes d'intervalle, lorsque Mme Goubert mère, une fois remise de ses émotions, et après avoir serré dans ses bras son fils unique, lui assènera une gifle retentissante, que les spectateurs estimeront fort méritée parce que, quand même, on n'a pas idée d'aller braver le danger en jouant à la pique à dix mètres du sol. Que ses acolytes, Baptiste, Christian et les frères Ferrant ne se réjouissent pas – ils auront droit au même traitement, une fois rentrés dans leurs pénates, ces logements de fonction sis au premier étage du bâtiment, où les enseignants ont la joie et le privilège de pouvoir élever leur progéniture dans un cadre à la fois apaisant et ludique.

Une heure plus tard, il ne reste plus rien de la commotion qui a ébranlé la vie du quartier. Les voitures roulent au pas dans la rue Denis-Diderot.

Le jardin public situé devant le groupe scolaire est déserté – seule une mère de famille surveille un bambin qui joue dans le bac à sable. Par la fenêtre de chez la Desplanques s'échappent les notes des succès récents du hit-parade. La crise pétrolière continue de frapper l'économie mais rien ne semble bouleverser le soleil de juin. La seule chose qu'on attend, ce sont les vacances.

2

Un dilemme

Elles se sont déplacées en groupe, parce que l'heure est grave. Elles avancent dans les allées du jardin public, la mine déterminée et le regard implacable – un ton en dessous pour Francine Berger qui n'a jamais eu confiance en elle et tire régulièrement sur sa robe pour s'assurer qu'aucun centimètre carré de peau ne dépasse. Francine Berger déteste l'été. Tous ces mammifères terrestres se prenant pour des dauphins qui s'allongent sur des serviettes souillées par des litres de crème solaire, c'est dégoûtant. D'ici quelques semaines, elle ira se retirer dans l'un des seuls endroits qui échappent aux foules et où elle coulera une saison monacale : l'Aubrac. En attendant, elle doit s'acquitter de cette mission dont, elle l'admet bien volontiers, elle n'a pas compris toute l'importance. C'est Geneviève Coudrier et Marie-Dominique Ferrant qui sont venues la chercher tout à l'heure. Elles ont expliqué la situation, la mine grave et le verbe sûr, et ont très clairement défini leur but : libérer Philippe

Goubert du joug imposé par sa mère depuis sa presque chute, quinze jours auparavant. Francine Berger a quand même demandé en quoi cela la regardait. Elle voyait bien pourquoi ses collègues se sentaient concernées, puisqu'elles étaient mères d'enfants du même âge que Philippe, rejetons qui réclamaient probablement la fin de l'incarcération de leur camarade, mais elle-même n'avait pas procréé et ne souhaitait en aucun cas que cela se produise – *Mon Dieu*, pensait-elle, *j'ai déjà bien assez à faire avec mes vingt-huit élèves*. Geneviève Coudrier lui a alors tapoté la main en se penchant vers elle. « Michèle t'aime beaucoup » a-t-elle susurré. Francine Berger a été un peu surprise, étant donné qu'elle connaît à peine Michèle Goubert, qui dirige l'école maternelle alors qu'elle-même officie en CE1 à l'école des filles. Elle ne se souvenait que d'une soirée où, ayant toutes les deux bu un peu trop de champagne pour fêter les palmes académiques de cette ordure de Fouché, elles avaient ri de concert et s'étaient moquées des invités. C'est sans doute de là que datait leur supposée sympathie. Francine Berger a soupiré, s'est promis une fois de plus de déménager de ce groupe scolaire où les ragots et les potins émaillent la vie quotidienne, et puis a cédé. Elle ne tenait pas à se mettre à dos la grosse Geneviève Coudrier, qui sévit en CM1 dans la même école qu'elle et peut se révéler une véritable salope. Francine n'était pas dupe : ce qu'on attendait d'elle, avant tout, c'était de rester silencieuse et d'acquiescer tandis que les deux cheftaines réglaient l'affaire. Elle était là pour faire nombre. Et corps. Une communauté. C'est ainsi que Geneviève Coudrier et consorts aimaient à définir les habitants des logements de fonction. Une communauté soudée et unie.

C'est donc soudées et unies qu'elles se déplacent toutes les trois. Un rayon de soleil éclaire leurs chemisiers bordeaux ou beiges recouverts d'un fin gilet (parce qu'on n'est pas à l'abri d'un courant d'air, même en juin) dont seul le bouton le plus près du col est fermé, ainsi que leurs chaussures confortables et de bonne facture, deux paires par an, une pour l'hiver avec un intérieur doublé, une plus légère et, osons le mot, plus *sport*, pour l'été. Avec leurs bas couleur chair et leur maquillage discret, elles représentent ce que l'Éducation nationale produit de meilleur, institutrices dévouées, travailleuses acharnées, infatigables correctrices, passeuses de savoir, obéissant aux ordres de l'Inspection générale mais n'ayant pas hésité à se rebeller quelques années auparavant lors d'un mois de mai mémorable qui a vu le groupe scolaire se scinder en deux camps retranchés, que d'aucuns appelaient les *Progressistes* et les *Réactionnaires* tandis que les autres les nommaient la *Chienlit* et la *Nation*. Ces trois femmes, qui glissent maintenant le long du mur de briques pour rejoindre l'entrée de l'école maternelle au premier étage de laquelle se situe le logement de fonction des Goubert, n'hésitent pas à se déclarer féministes alors même qu'elles passent le plus clair de leur temps à obéir aux diktats imposés par leurs conjoints. Ceux-ci se prononcent en faveur du travail féminin (on n'est pas au Moyen Âge et puis on ne crache pas sur un salaire supplémentaire) mais froncent le sourcil devant les velléités d'indépendance de leurs épouses. Lorsque Marie-Dominique Ferrant a émis l'idée de partir quelques jours à Lille retrouver sa meilleure amie d'enfance, son mari a poussé les hauts cris, avant de céder finalement devant la menace d'une grève totale et générale de la cuisine.

Elles sont venues parlementer avec Michèle Goubert, parce que non, vraiment, sa décision est inique. Elles comprennent bien sûr la peur qu'elle a ressentie vu qu'elles étaient elles-mêmes terrorisées (à part Francine Berger, qui n'était pas sur les lieux car elle participait à un stage de peinture sur soie). Elles trouvent donc naturel que l'enfant fautif soit puni encore plus durement que ses camarades, qui ont été privés de sortie pendant une semaine et ont dû seconder leurs mères dans les travaux domestiques – ce qui leur sera sans doute très utile lorsqu'ils se monteront en ménage ou lorsqu'ils effectueront leur service militaire, a-t-on précisé pour bien faire valoir la portée éducative de leur châtiment. Mais de là à interdire depuis quinze jours toute incursion dans le jardin public et à emprisonner Philippe dans sa chambre, c'est tout de même un peu fort de café, d'autant que les ouvriers de la ville ont diligemment changé toutes les serrures du grenier et que les parents ont caché les clés en lieu sûr. Les garnements ne pourront donc plus comme avant ouvrir les lucarnes, descendre le long des tuiles et se mettre à courir sur des corniches.

Elles sont là, assises le dos bien droit sur le canapé bleu foncé que Michèle Goubert aimerait changer parce qu'il n'est plus du tout à la mode (elle souhaiterait quelque chose de plus *dans le ton*, de plus automnal, des couleurs tirant vers le brun et le vert foncé qui rappelleraient les promenades dominicales dans la forêt et qui s'accorderaient à merveille avec le vaisselier en faux merisier). Elles sirotent leurs jus de fruits – orange pour Marie-Dominique Ferrant, pomme pour Geneviève Coudrier qui a toujours été plus nature, et pamplemousse pour Francine Berger qui aurait bien pris un nectar d'abricot mais Michèle Goubert n'en a pas pour la simple et bonne raison qu'elle ignorait qu'une telle boisson existât. Geneviève rajuste son chemisier, touche cette ceinture qui la boudine (Geneviève a des chairs amples, à cause, dit-elle, d'une prédisposition congénitale contre laquelle il est impossible d'agir), se racle la gorge et parle au nom du trio.

« Enfermer n'est pas sécuriser, Michèle. Vous risquez de le rendre encore plus emprunté qu'il ne l'est. » Michèle soupire car Dieu sait à quel point Philippe est empoté. Ce n'est pas de sa faute, a expliqué le rééducateur, c'est à cause de sa patte gauche, c'est un *gaucher franc* (parce qu'apparemment il y en a des hypocrites, des qui se font passer pour gauchers alors qu'en fait ils sont droitiers, heureusement qu'on ne compte pas Philippe parmi ces fourbes-là) et, à partir de là, on ne peut pas remédier à son handicap. Mais enfin, s'est rebellée Michèle, il n'est pas le seul gaucher au monde et ils ne sont pas tous aussi maladroits ! Le rééducateur a alors assené que les gauchers, surtout les francs, manquaient souvent de confiance en eux parce qu'on leur demandait d'exécuter des tâches qu'ils étaient tout bonnement incapables de mener à bien. « Essayez d'utiliser des ciseaux avec la main gauche, madame Goubert, vous verrez » avait-il ajouté. Elle n'avait pas tenté l'expérience.

Elle lève des yeux humides vers la silhouette flasque de Geneviève Coudrier qui continue son laïus. « Michèle, il y a un vrai risque qu'il se sente si malheureux qu'il ait envie de se jeter par la fenêtre ! Les garçons ont besoin de bouger, c'est bien connu. Évidemment, vous auriez eu une fille, cela aurait été différent, mais vous avez Philippe et vous ne pouvez rien y changer. » Les trois grâces opinent de conserve. Elles savent toutes à quel point Michèle aurait préféré une Laurence ou une Isabelle à son Philippe. André, lui, s'était rengorgé – père d'un petit homme, c'était tellement mieux – mais il avait promis à sa femme qu'ils allaient remettre le couvert et que, cette fois-ci, ce serait une pisseuse. À la place, il y avait eu deux fausses couches. Le gynécologue avait plissé le front, précisé qu'il vaudrait peut-être mieux s'arrêter là et utiliser une pilule contraceptive adaptée. Michèle avait beaucoup pleuré. Philippe l'avait vue. Il se tenait là, dans l'embrasure de la porte, et contemplait le désastre.

Michèle Goubert frissonne. Elle ne veut pas repenser à ces moments-là. Elle se redresse, jette un coup d'œil par la fenêtre ouverte sur le jardin public, entend les cris des enfants qui jouent, fronce le nez. « C'est facile à dire, répond-elle d'un ton pincé, quand on n'a pas été impliquée dans l'événement comme moi. J'avais l'impression que tout mon sang avait reflué de mon corps. » Les trois déléguées des droits des enfants acquiescent et murmurent « bien sûr, bien sûr ». Michèle repose sa fraise à l'eau – elle déteste les jus de fruits qui lui donnent des aigreurs d'estomac, un petit ulcère sans doute, et ce n'est pas le mouron qu'elle se fait pour son fils qui va arranger ses affaires – sur la petite table en fer forgé rapportée la mort dans l'âme de la fête de l'école, trois ans auparavant. Le plateau en verre en a été peint par Philippe lorsqu'il était au CE1 et elle n'a pu cacher sa déception quand elle a découvert cette horreur, sentiment encore exacerbé par la constatation que les autres enfants avaient bien mieux réussi leurs décorations, certains reproduisant même des paysages tout à fait charmants, alors que le dessin de Philippe non, franchement, c'en était gênant, c'était censé être un écureuil, mais personne n'aurait pu reconnaître un animal dans cette masse de couleurs mal ajustées ; on a beau être gaucher on peut quand même être soigneux, non ?

« Soit » annonce-t-elle. Ses trois interlocutrices laissent échapper de petits soupirs de soulagement et s'autorisent maintenant à sourire. Michèle les imite. Elle est libérée d'un poids, au fond. Cette punition lui pesait d'autant plus qu'elle impliquait que Philippe reste chez lui toute la journée alors que Michèle n'est plus habituée à le voir tourner et virer dans l'appartement. Elle aura à nouveau le temps de vaquer à ses occupations pédagogiques et ménagères. Les rejetons des locataires du groupe scolaire et leurs voisins immédiats forment une bande plus ou moins hétéroclite qui vadrouille du jardin public au terrain vague situé derrière les bâtiments, descend parfois jusqu'au supermarché au bout de la rue Denis-Diderot, déambule, passe d'une cour à l'autre, organise des jeux, des tournois, des courses et laisse aux parents une paix royale jusqu'à dix-huit heures trente, heure à laquelle tous les enfants doivent impérativement rentrer chez eux afin d'y être dûment shampouinés et récurés. C'est une bande aux contours flous, qui ne compte aux jours creux que trois ou quatre membres mais dont le nombre peut monter jusqu'à neuf ou dix lors des vacances scolaires. Ça rit, bouillonne, éructe, crie, se chamaille, s'insulte, se bat, se rabiboche, méprise le danger et les trouillards.

Michèle Goubert craint parfois que les choses ne tournent mal et que l'un d'entre eux ne reste sur le carreau, assommé par un autre ou étouffé à la suite d'un jeu dangereux. L'affaire dite « de la corniche » lui donne d'ailleurs raison, mais elle est reconnaissante envers ses amies – si peu amies, en fait, puisqu'elles ne se connaissent qu'à travers le prisme du travail – d'être venues la tancer et l'obliger à ouvrir les yeux sur la réalité, à savoir que le propre des enfants est de se dépenser loin des yeux des adultes afin de gagner en autonomie. La réalité, c'est aussi que les femmes qui cumulent les statuts d'épouse, d'employée domestique et de maîtresse d'école n'ont guère le loisir de se consacrer à leur progéniture, qui ne semble d'ailleurs pas se plaindre de cette absence de surveillance rapprochée. Chacun sa place et les vaches seront bien gardées, comme le rappelle sans cesse la mère de Michèle. Et mieux vaut ne rien savoir que de vivre dans la crainte.

3

La cabane en surplomb

La *bande*. C'est un mot que ses membres affectionnent. Elle existe depuis deux ans à peine – depuis que les enfants ont le droit de jouer ensemble, du moment qu'ils veillent les uns sur les autres. Elle a un chef incontesté – Baptiste Lorrain – et un lieutenant chargé de faire appliquer les ordres. Jusqu'à il y a peu, c'était Philippe Goubert qui tenait ce rôle, parce qu'il est le voisin direct des Lorrain. Dernièrement, néanmoins, il y a eu des remous et de l'agitation. La base ne comprenait plus la structure hiérarchique – Philippe était mauvais dans tous les domaines manuels et physiques, il avait souvent les jetons, et en plus il passait une partie de son temps avec Nathalie Lespinasse. L'affaire de la corniche et la condamnation subséquente avaient cristallisé les rancœurs et un Grand Conseil avait été convoqué, en l'absence forcée de Goubert, emprisonné dans sa chambre. On n'y avait rien décidé de concret mais on avait au moins fait entendre ses griefs, et Pascal Ferrant avait traité Philippe

Goubert d'enculé sans qu'on comprenne vraiment pourquoi. Baptiste Lorrain avait assuré aux autres qu'il les avait compris et qu'il allait réfléchir à une façon de modifier l'organisation du groupe. Tout le monde avait ensuite fumé une de ces lianes qui grimpaient le long des troncs d'arbre et pouvaient servir de calumet de la paix.

C'est à ce moment-là qu'est née dans l'esprit de Baptiste Lorrain l'idée de la cabane. À dire vrai, il y avait déjà pensé l'année précédente mais avait trouvé que c'était trop tôt. Le groupe n'était pas encore assez soudé et lui-même n'avait pas encore suffisamment établi son autorité. Mais aujourd'hui, ce projet tombait à pic : il permettait en effet d'unifier les actions et d'apaiser les tensions tout en donnant l'occasion de jauger de l'utilité et de l'agilité de chacun, notamment de Christian Coudrier qui semblait avoir l'étoffe d'un futur sous-chef mais souffrait de son arrivée récente au sein de la troupe – sa mère officiait en CM1 depuis des années dans l'école mais les Coudrier n'avaient obtenu que l'année précédente le logement de fonction qu'ils réclamaient pour caser leurs quatre gamins – un aîné au lycée bien plus âgé que Christian et des jumelles encore à la maternelle.

L'idée séduit d'emblée tous les membres – et dans cette fin d'année scolaire, le groupe va grandissant et atteint son maximum, agglomérant Lorrain, Coudrier, Goubert, les Ferrant, les Lespinasse, les Anglure et même les deux fils Durain qui habitent dans un immeuble près de l'hôpital, un immeuble qui a pourtant lui-même sa propre bande, preuve du pouvoir d'attraction de la cohorte dirigée par Baptiste. On se met rapidement d'accord sur l'emplacement – le terrain vague derrière le groupe scolaire, une bande de terre envahie par les hautes herbes et les lianes, agrémentée de quelques beaux arbres. Le terrain vague longe les bâtiments, s'élargit un peu puis plonge vers les voies ferrées sur lesquelles le Paris-Bâle file à intervalles réguliers, rythmant la vie des habitants des logements de fonction, qui ont pris l'habitude de se repérer chronologiquement selon le passage des trains – *tiens c'est le 12 h 06, il serait temps que je prépare le déjeuner.*

Les parents connaissent vaguement l'existence de ce lieu, qu'on atteint en escaladant un muret, puis en s'arrachant la peau sur les ronces de ce sentier laissé à l'abandon qui court autour du groupe scolaire, sentier qui, prétend-on, daterait du XIXe siècle, d'avant la construction de l'école donc, et aurait servi, en ces temps reculés, de piste de vélodrome. Lorsque les enfants ont évoqué cet endroit et qu'ils ont mentionné qu'il donnait sur les voies ferrées, Michèle Goubert et Janick Lorrain ont froncé les sourcils et ont promis qu'elles iraient voir de leurs propres yeux de quoi il retournait, mais elles n'ont jamais mis leur menace à exécution bien sûr, d'autant que leurs rejetons leur ont assuré que jamais au grand jamais ils ne s'approcheraient du ballast parce qu'ils avaient entendu parler de cet homme happé par l'arrivée d'une locomotive en gare et qu'ils en avaient fait des cauchemars. Marie-Dominique Ferrant, quant à elle, préférait ne pas savoir ce que tramaient ses trois vauriens – ils étaient mieux dehors plutôt qu'à l'intérieur, à se chercher des poux et à l'empêcher de cuisiner et de repasser.

Pour être accepté au sein de la bande, la première épreuve consiste à descendre la pente et à traverser les voies cinq minutes avant l'arrivée de l'Arbalète – le surnom donné par la SNCF elle-même au convoi reliant la capitale française à la Suisse – dans un sens puis dans l'autre, avec le cœur qui bat la chamade, parce qu'on ne sait jamais, si le train avait de l'avance ou si on chutait lourdement sur les pierres roses, qu'adviendrait-il ? On en a de délicieux frissons dans le dos rien que de l'imaginer. La seconde intime de lancer au moins trois cailloux contre des wagons de marchandises (et une fois, ce fondu de Pascal Ferrant avait visé un compartiment de passagers en hurlant « enculé, enculé » et ils avaient tous eu si peur qu'ils n'étaient pas revenus au terrain vague pendant un mois entier, persuadés que les détectives privés engagés par la SNCF étaient en train d'accumuler les preuves et de remonter la filière).

Après une minutieuse inspection des lieux, Baptiste en arrive à la conclusion à première vue surprenante que le meilleur emplacement pour la cabane ne peut être que sur la pente elle-même : une fois savamment recouverte de branchages, elle sera alors invisible aux yeux de visiteurs indésirables, clochards, bandes rivales ou parents indiscrets. Elle prendra appui sur trois arbres en pleine croissance et le plancher n'aura aucun contact avec le sol. Un abri en surplomb. Baptiste assure que c'est prouvé, physique, mathématique, expliqué dans le dernier magazine pour génies en herbe qu'il a reçu par abonnement : on ne risque rien. Certes, un des côtés ne sera soutenu que par le poids du reste de la construction, mais cela ne posera aucun problème du moment que personne ne se met en tête de sauter sur les planches à cet endroit-là. Baptiste, Christian et Pascal Ferrant se penchent sur les détails. Philippe Goubert tente de s'immiscer dans ce triumvirat mais il ne trouve pas sa place et préfère finalement rejoindre Nathalie Lespinasse, que la cabane n'intéresse qu'en tant que cachette potentielle pendant les soirées estivales.

On emprunte à droite et à gauche le matériel dont on a besoin, marteaux, clous, vis, colle (« Ah bon, colle ? s'étonne Baptiste, pourquoi ? – T'occupe » répond Pascal Ferrant). Les pères ne se rendent compte de rien – ce ne sont pas les rois du bricolage, au grand dam de leurs épouses qui n'ont découvert ce travers qu'une fois l'union prononcée. Seul le père Goubert serait un peu plus aguerri dans ce domaine, mais il refuse de dépenser son énergie à améliorer un appartement dont il n'est que locataire – on verra une fois qu'on aura accédé à la propriété. Par ailleurs, ses nouvelles fonctions de trésorier de la section locale du Parti socialiste lui prennent beaucoup de temps.

On a récupéré des planches dans la réserve de l'école des garçons, dont Baptiste a réussi à subtiliser les clés sans que son père s'en aperçoive. La réserve de l'école des garçons, c'est une sorte de grand débarras où s'entassent des matériaux de construction, des pots de peinture, des rouleaux de papier peint, des chutes de moquette, des briques et des tuiles. On y trouve également, répartis dans une vingtaine de cartons régulièrement ouverts puis précautionneusement refermés par les membres de la bande, les gadgets et cadeaux promotionnels cédés par les entreprises de l'agglomération et les dons offerts par des particuliers qui servent de lots pour la grande loterie de la fête de fin d'année. C'est d'ailleurs en plongeant la main illicitement dans un de ces cartons que Philippe Goubert est entré en possession de son fameux stylo quatorze couleurs, dont il était tellement fier qu'il n'a pas eu le réflexe de le cacher en rentrant chez lui. Sa mère, soupçonnant un vol, le gifla et confisqua ce bien honteusement acquis jusqu'à ce que Nathalie Lespinasse intervienne et prétende que c'était elle qui avait offert ce cadeau à Philippe grâce à l'argent donné par sa grand-mère pour Noël – d'où larmes de remords et culpabilité de Michèle Goubert qui, depuis, ne tarit pas d'éloges sur la petite Lespinasse, un ange, une perle, quel bonheur ce doit être d'avoir une fille pareille, et même une fille tout court.

Dans la touffeur des derniers après-midi de juin, on réfléchit, on dessine des croquis dans la poussière à l'aide d'un bâton, on fume des lianes en prenant un air pénétré, on parle de dénivellation et de surface au sol parce qu'on a entendu des artisans employer ces expressions-là. Puis, un samedi, branle-bas de combat, on se met à assembler, ajuster, clouer, ficeler à qui mieux mieux. On a une frayeur tout à coup quand Philippe Goubert se met à hurler parce qu'il s'est ouvert le pied avec la scie, mais quand on arrive sur les lieux du drame, on se rend compte qu'il ne s'agit que d'une blessure superficielle et on marmonne qu'il exagère quand même, Philippe Goubert, et qu'il est vraiment énervant, tandis que Nathalie Lespinasse se précipite chez elle pour voler ni vu ni connu le flacon d'eau oxygénée et un peu de coton pour soigner les tourments de son fiancé.

En fin d'après-midi, alors que l'Arbalète de 16 h 58 vient de disparaître au loin, la dernière planche est mise en place. On dispose d'une dizaine de mètres carrés très peu carrés, en suspension sur trois troncs d'arbres. La tôle ondulée de la toiture de fortune protégera des intempéries, la porte récupérée à la cave est branlante mais fera l'affaire, de même que les rideaux de fortune confectionnés à la hâte par les garçons Ferrant, dont on ne connaissait pas les talents approximatifs de couturiers. Ne manquent plus que quelques meubles qui seront rapportés discrètement des différents appartements, ou des greniers, une fois qu'on aura récupéré les clés des nouvelles serrures. On est fiers d'avoir un repaire. On entasse devant des branchages et des feuillages pour le camoufler. Le résultat n'est pas concluant. En outre, Christian fait remarquer que l'hiver, la cabane sera plus difficile à dissimuler, mais on hausse les épaules : l'hiver, c'est loin, les vacances d'été commencent à peine. On pénètre l'un après l'autre, précautionneusement, on a peur que l'édifice précaire verse dans le fossé, mais non, cela tient, grâce notamment aux tasseaux confectionnés par Christian Coudrier qui a consulté l'encyclopédie du bricolage de son père, ouvrage décisif et formateur de G point Martin édité en 1956 aux Éditions Pratiques, qui prenait lamentablement la poussière sur l'étagère supérieure de la buanderie. On regarde sa montre, holà, déjà dix-huit heures trente, il faut vite rentrer à la maison avant que les parents ne rappliquent pour voir ce qu'on fabrique. On s'égaille, sauf Baptiste qui donne congé à son équipe mais a décidé de rester encore un peu car il sent que du haut de cette construction, quarante siècles le contemplent – et puis aussi parce que, de toute façon, à cette heure-là, ses parents ne seront peut-être pas encore rentrés. Son père a une réunion avec ses amis d'En avant la randonnée et sa mère ne quitte qu'à dix-neuf heures. Il est mieux là, heureux et gonflé d'orgueil – capitaine à la proue de son navire. Il se dit que l'avenir est radieux.

4

La passion selon Janick

Janick Lorrain est rentrée plus tôt. Elle a bouclé le dossier Lamballe en début d'après-midi. Elle l'a apporté à son patron, Hubert Bonnafond. Celui-ci l'a félicitée tout en lui trouvant la mine fatiguée et, grand prince, lui a octroyé deux heures de liberté – « Retournez chez vous, Janick, préparez un repas roboratif à votre mari, et bon week-end surtout. » Elle a obéi, comme toujours. Sur le chemin, elle s'est demandé si elle allait suivre les recommandations de Bonnafond et elle a souri en jetant un coup d'œil au miroir de vanité, à l'intérieur de la 204 blanche. Non, elle n'allait pas se jeter à corps perdu dans la cuisine, cela n'avait jamais été « son truc ». Elle concoctait des plats lorsqu'il y avait des invités, mais sinon, elle ne passait pas beaucoup de temps derrière les fourneaux. Sa sœur non plus, d'ailleurs. Elles avaient toutes les deux souffert de voir leur mère attachée au four et aux tâches domestiques, victime récurrente d'un époux bougon et facilement violent. Elles s'étaient juré de ne pas reproduire le schéma. La première chose qu'elles avaient cherchée, en grandissant, c'était un travail qui leur permettrait de ne pas dépendre du mari qu'elles ne manqueraient pas de trouver, étant donné leur physique et l'humour dont elles savaient faire preuve. Enfin, surtout sa sœur, Solange. Pour l'humour comme pour le physique.

Au volant de cette deuxième voiture qui est un vrai luxe à l'heure où les familles ne possèdent généralement qu'un seul véhicule, Janick a pensé qu'elle pourrait profiter de ce moment de liberté inattendu pour discuter avec Baptiste et tenter de l'amener avec elle dans les boutiques, mais la perspective de la réticence et de la mauvaise humeur de son fils l'a découragée d'avance. Quand, après avoir ouvert la porte et effectué le tour de l'appartement, elle s'est rendu compte qu'elle était seule, elle a eu un petit soupir d'aise dont elle a rougi. Elle s'est souvenue que Gérard avait une réunion avec ses amis amateurs de marche – il rentrerait probablement tard et n'aurait pas faim, chaque assemblée de l'association se terminant par un apéritif conséquent. Il y avait des restes dans le frigo. Baptiste s'en contenterait. Quant à elle, elle finirait la salade de carottes et grignoterait une ou deux amandes. Elle avait un appétit d'oiseau et n'avait pas besoin de se restreindre pour garder cette taille mannequin que les femmes des collègues de son mari lui enviaient tant.

Elle hésite un instant, debout dans le couloir.

Le problème, c'est qu'elle ne sait pas de combien de temps elle dispose exactement. Il est dix-sept heures. Baptiste peut revenir à n'importe quel moment, même si c'est peu probable. Il doit traîner avec ses camarades du côté du terrain vague à l'arrière des bâtiments. Elle préfère ne pas savoir ce qu'ils mijotent là-bas. C'est leur domaine et mieux vaut ne pas s'en mêler. Elle décide de s'accorder une heure. Elle détache sa montre et la pose sur la grande table de la salle à manger, enlève la nappe qu'elle plie avec précaution sur deux des fauteuils récupérés chez la grand-mère de Gérard et sort fébrilement ses ustensiles – crayons, gommes, règles, doubles décimètres. Mais pas les pastels, non. Elle n'a pas le temps pour les pastels. Elle commence à esquisser et sent sa nervosité – cette nervosité dont elle ne parvient jamais à se débarrasser totalement – s'apaiser et son imagination sortir de cet écrin doré dans lequel elle l'emprisonne. Ses pensées s'échappent à la queue leu leu et vont former une ronde qui danse lentement autour de son front. Elle ajuste la coupe d'un manteau, se recule de quelques centimètres pour apprécier l'effet d'ensemble, puis se remet à la tâche. Et pendant ce temps, elle accueille les réflexions qui se présentent à elle. Le menu du repas qu'elle préparera pour les Duroyon et les Granville, la semaine prochaine. Elle aime ces soirées détendues avec des invités qui n'habitent pas le groupe scolaire. On y parle peu d'école, encore moins de son travail. On discourt sur les endroits que l'on a déjà visités, sur l'éducation des enfants et aussi sur les derniers changements sociaux et politiques – on a tous été déçus quand Giscard a été élu l'année dernière. On était tellement sûrs de gagner, cette fois. On soupire, et puis on passe à autre chose. On n'est pas non plus engagés à ce point dans la lutte des classes. Ce qu'on souhaite avant tout, c'est que rien ne change radicalement et que chacun puisse vivre son existence comme il l'entend, tout en ayant bonne conscience parce que quelqu'un d'autre s'occupe des milieux défavorisés. Bref, on est de gauche, quoi. D'une gauche de la couleur du rosbif qu'on sert régulièrement lors de ces repas. Pas saignant. Ni bien cuit. Juste à point.

Le clou de ce menu à venir, comme d'habitude, c'est le dessert. Il règne entre toutes les femmes de France une sorte de compétition amicale pouvant virer à l'aigre autour de la pâtisserie. Les épouses ont appris de leurs mères que l'on ne garde un homme que par le sexe ou la cuisine et, l'âge et l'habitude aidant, elles se sont toutes tournées vers la confection de gâteaux plus ou moins compliqués qui, s'ils ont le défaut d'empâter encore leurs maris dont les ventres se mettent à gonfler autour de la quarantaine, ont du moins la vertu de les faire fondre mentalement – ils deviennent, à la fin du repas, de molles marionnettes faciles à manipuler.

Certaines se sont d'emblée extraites de ce concours tacite. C'est le cas de Michèle Goubert qui a dû jeter l'éponge avant même de combattre. Elle a fait le désespoir des fourneaux de sa mère dans les Pyrénées-Atlantiques et parvient même à rater le fameux gâteau au yaourt qu'on apprend dans les premiers cours d'éducation manuelle et technique au collège et que n'importe quelle gamine de treize ans maîtrise parfaitement. D'autres, en revanche, sont de redoutables adversaires, notamment Geneviève Coudrier dont le parfait aux fraises a conduit son époux à changer trois fois de taille de pantalon, au point que, ajoutent malicieusement ses concurrentes, il a maintenant atteint la même circonférence que sa femme, dont les chairs opulentes sont une véritable référence dans le quartier. Janick Lorrain, elle, est un cas à part. D'une part, elle n'est pas « franchement sucrée » comme elle aime à le répéter, et d'ailleurs, elle butine plus qu'elle ne se nourrit. Ensuite, elle considère la cuisine comme un art secondaire dans ces temps de changement où les femmes doivent investir les domaines du travail, de la justice, de la politique et des organes décisionnels. Néanmoins, elle sait l'importance que peuvent revêtir des défis qui paraissent triviaux, et elle est consciente que l'une des façons d'affermir son rôle d'épouse de directeur est de se distinguer dans les crèmes et les génoises. Ce qui marque avant tout chez Janick Lorrain, c'est son originalité – et c'est cette patte étonnante et créative que l'on retrouve dans sa palette culinaire. Elle est la première du quartier à avoir introduit des mangues dans ses salades de fruits, par exemple. Et elle n'hésite pas à dépoussiérer de vieilles recettes comme l'éclair ou le millefeuille pour les mettre au goût du jour et les transformer en saveurs inconnues pour le palais – sa religieuse aux pistaches et framboises a installé sa renommée dans les rues alentour. Cette fois-ci, décide-t-elle en gommant légèrement un drapé incongru, ce sera une omelette norvégienne. Rien que le nom mystérieux du dessert cause des frissons, évoquant ces contrées nordiques dont on ne connaît rien d'autre que des images d'hiver éternel, de fjords sous la lune et de Vikings impressionnants. Janick possède son omelette norvégienne comme personne. Tandis qu'elle divague, son crayon dérape. Elle lance un juron qui surprendrait ceux qui croient la connaître. Elle jette un œil par la fenêtre – le ciel est encore clair mais le soleil descend tout de même derrière les toits. Il serait temps que Baptiste rentre. Elle sourit. Baptiste comble tous ses vœux. Il est toujours premier de sa classe et, année après année, les instituteurs croient utile d'ajouter que ce n'est pas parce que c'est le fils du directeur. Il a une intelligence à la fois intuitive, analytique et pratique – c'est rare, lui assure-t-on. De la graine d'ingénieur. Il pourrait bien travailler plus tard sur les programmes interplanétaires et la construction de fusées que les gouvernements lancent dans l'espace. Janick le verrait bien aux Ponts et Chaussées. L'année de ses vingt ans, elle a partagé son compartiment de train avec un jeune ingénieur des Ponts et Chaussées. Il ne la quittait pas des yeux. Ils avaient échangé quelques mots mais n'avaient franchi aucune barrière. Aujourd'hui encore, il arrive à Janick de rêver de lui.

Janick rosit et se reprend. Elle n'aime pas se laisser aller à ces rêveries inutiles. Elle déteste perdre son temps et s'égarer. Ce qu'elle apprécie avant tout, c'est contrôler. Sa carrière, ses ambitions, sa vie privée, ses invités, ses menus, son fils et son mari. Son mari, parfaitement. À première vue, on pourrait croire qu'elle n'est qu'une bonne poire unie à un homme égoïste qui passe son temps à découvrir le monde et à arpenter la planète avec ses frères d'armes, les mêmes depuis l'adolescence. Car c'est ainsi que Gérard Lorrain se comporte. Il est à la tête d'un groupe d'amis d'enfance, qui vivaient tous dans le même quartier, ont noué des liens indéfectibles et se sont juré fidélité. Ils sont six – on les appelle d'ailleurs Les Six Compagnons, en référence à la série de la Bibliothèque Verte que les enfants dévorent – et tous les ans, ils se programment un voyage dont les femmes sont absentes (la moitié d'entre eux ne sont d'ailleurs pas mariés, arguant qu'ils ne supportent pas les asservissements qu'entraînerait une union). Ils placent au cœur de ces périples les grands espaces sauvages et prétendent qu'aucun spécimen du sexe faible ne pourrait survivre aux conditions extrêmes qu'ils s'imposent. Ils ont ainsi randonné dans les parcs américains, dans les déserts marocains et les savanes africaines, ont escaladé les sommets des Andes et de l'Himalaya et ont même poussé jusqu'aux terres aborigènes de l'Australie. Ils tirent de leurs expériences des séries de diapositives qu'ils projettent une fois par an dans la salle de réunion du groupe scolaire, invitant élèves, parents et collègues à se réjouir de leurs exploits, parce qu'ils sont instructifs et donnent un ancrage aux cours de géographie que les enseignants prodiguent.

Nombreux parmi ces spectateurs d'un soir sont ceux qui trouvent l'attitude de Lorrain bien curieuse. Son épouse est charmante et il a charge d'âme, alors on ne comprend pas bien pourquoi il préfère crapahuter aux quatre coins du globe plutôt que de chérir ceux qui forment son foyer. Ils plaignent parfois en public la pauvre Janick dont l'existence s'apparente à celle d'une veuve (ils reconnaissent alors qu'ils exagèrent et retirent ce qu'ils viennent de dire, mais espèrent tout de même que le trait a touché un point sensible chez l'interlocuteur). La principale intéressée est au courant des rumeurs, et elle n'en a cure, d'autant qu'elle y tient le beau rôle.

Janick a toujours été de nature très indépendante et, si elle éprouve une réelle affection pour son époux, elle est encore plus éprise de ces périodes de liberté que son union lui laisse. Elle ne pourrait pas vivre comme les Lespinasse ou les Goubert sans cesse l'un sur l'autre – et l'on voit ce que donne une telle fusion quand on entend André Goubert hurler contre Michèle et la traiter de tous les noms, les insultes ricochant dans l'espace clos du groupe scolaire. Janick ne comprend pas comment Michèle peut continuer à vivre avec cette honte chevillée au corps. Elle, elle a besoin de respirer. De s'investir dans son métier, aussi, afin de le transformer en passion – ou l'inverse : Janick est secrétaire chez Bonnafond et Fils depuis six ans maintenant, mais elle ambitionne de devenir styliste. Depuis toute petite, elle adore dessiner, reproduire des modèles, des patrons de jupes ou de manteaux, les mettre en couleur, imaginer leur texture, la façon dont les plis retombent. Elle a emprunté de nombreux ouvrages à la bibliothèque municipale et elle dépense beaucoup d'argent dans l'achat de magazines et de catalogues. Elle n'a pas encore osé sauter le pas et proposer ses croquis à son employeur mais elle est à l'affût. Elle attend le moment opportun. Elle a de moins en moins peur d'Hugues Bonnafond dont elle connaît les qualités comme les défauts. Elle ne croit pas que son mari ni que son fils soient au courant du feu qui la dévore. Elle s'adonne à sa passion quand ils ne sont pas là et, heureusement, ils ont la délicatesse de la laisser souvent seule. C'est un *modus vivendi* qui en vaut un autre. Elle aime bien cette expression latine, *modus vivendi*. Elle se la répète à voix basse, par moments. C'est une parfaite justification pour cette quasi-absence de relations intimes qui gangrène le couple depuis la naissance de Baptiste. L'accouchement a été compliqué. Il y a eu des chairs torturées. Une convalescence douloureuse. Et cette froideur à l'intérieur. Gérard a tenté quelques approches infructueuses. Il n'a pas insisté, d'autant que le corps féminin n'a jamais été non plus son obsession première. Ce qu'il veut, Gérard, c'est commander. La jouissance le déborde et lui fait perdre ses repères. Il est plus efficace dans la frustration.

Janick se redresse. Elle a encore laissé son esprit battre la campagne. C'est une des conséquences directes qu'a le dessin sur elle. Elle commence à tracer des traits et poser des touches de couleurs, et immédiatement les barrières mentales s'affaissent. Elle se demande si c'est la même chose pour les grands couturiers, Courrèges, Saint Laurent, ou si c'est seulement une preuve qu'elle n'est pas assez concentrée et qu'elle n'arrivera jamais à rien. Elle entend Francine Berger qui ferme ses volets dans l'appartement d'à côté – il est donc sept heures : été comme hiver, les habitudes de Francine Berger sont immuables. Janick s'étonne quand même que Baptiste ne soit pas rentré. Elle va téléphoner chez les Goubert – il y est peut-être. Ils sont toujours fourrés les uns chez les autres, ou dehors, en meute. Janick, elle, déteste les assemblées, les foules, les groupes. Tout destin, pense-t-elle en rangeant ses crayons, ne peut être qu'individuel. Une omelette norvégienne. C'est un excellent choix. Et du saumon avec des poireaux. Janick ferme les yeux quelques secondes. Elle est presque détendue.

5

De la trahison et des manières

Christian Coudrier hoche la tête pour montrer son assentiment. Il a remarqué que c'était la meilleure attitude à adopter quand Baptiste Lorrain se mettait à discourir. Christian a l'habitude. C'était la même chose avec le père de Baptiste, quand Christian l'avait, l'année dernière. Gérard Lorrain s'occupe des CE2 de l'école des garçons depuis la nuit des temps – ce qui correspond plus ou moins à une décennie. Tous les parents s'accordent à dire que c'est un excellent maître parce qu'avec lui, au moins, ça file droit et qu'on entendrait une mouche voler. On concède qu'il est un peu soupe au lait et qu'il monte facilement en mayonnaise, mais on ne fait pas d'omelette sans casser des œufs. Du côté des parents, on aime les proverbes et les expressions consacrées. Et l'ordre, surtout. On ne cille pas devant les témoignages de touffes de cheveux arrachées ou de gifles retentissantes. On répète que c'est comme ça que ça rentre et tu verras plus tard au service militaire.

Néanmoins, depuis quelques mois, les allées du jardin public bruissent et le vent semble tourner. C'est que les filles arrivent en automne dans l'école des garçons et que les filles, c'est entendu, sont plus fragiles et plus impressionnables que les garçons. Elles risquent de s'effaroucher voire de tourner de l'œil devant les actes de violence physique – même si, on l'accorde, à l'école des filles, il y a aussi une paire d'institutrices qui ont la main leste et la parole dévastatrice. N'empêche.

Christian a entendu parler, au printemps, d'une réunion informelle de mères souhaitant « faire le point » sur l'avenir de leurs bambins scolarisés à l'école maternelle. Qui s'occuperait d'eux en cours préparatoire et quelles méthodes seraient appliquées ? Bien sûr, l'initiative n'a abouti à rien, mais tout de même, s'est inquiétée Geneviève, la mère de Christian, c'est perturbant. Depuis quand les parents se mêlent-ils de ce qui se passe à l'école ? « Ils sont bien contents de nous les refiler toute la journée, ils ne les supporteraient pas, leurs mioches » a-t-elle ajouté.

D'après les bribes d'information qu'a recueillies Christian, la contestation serait venue d'un des stagiaires envoyés dans l'école, un de ces jeunes barbus joueurs de guitare qui n'hésitent pas à porter des sabots et qui conduisent des 2 CV vertes. Il avait claqué la porte du bureau du directeur un soir en hurlant qu'il refusait de coopérer avec un tel fasciste. L'affaire était remontée jusqu'à l'inspecteur, qu'on aurait espéré plus indigné d'un côté comme de l'autre, et qui avait seulement suggéré de trouver une nouvelle affectation audit stagiaire et, à la grande surprise de Lorrain, avait souri en conseillant au directeur d'y aller mollo. « Les temps changent, Lorrain, ce n'est pas moi qui le dis, c'est Bob Dylan. Nous devons changer avec eux. » Gérard Lorrain avait été estomaqué autant par la référence anglo-saxonne – il avait vaguement entendu parler de ce chanteur de gauche, mais il ne comprenait rien aux langues étrangères – que par le laxisme de l'institution. Ce stagiaire-là, il l'aurait bien envoyé à Pau, chez les parachutistes, voir de quel bois on se chauffe là-bas.

Christian se reconcentre. C'est son problème, parfois. Quand ses interlocuteurs se mettent à soliloquer, il suit le cours de ses propres pensées et dérive, sans cesser un instant de darder son regard sur celui ou celle qui parle et de hocher la tête à intervalles réguliers. Les instituteurs l'adorent. Il représente l'élève idéal, silencieux, obéissant et respectueux. Christian est le seul à savoir que le portrait qu'on dresse de lui est très loin de la réalité. Il a appris à se comporter en société et à se rendre indispensable. Il est étonné que personne ne comprenne qu'il n'écoute qu'une infime partie des discours que les autres déversent. Mais là, vraiment, il faut qu'il fasse un effort, parce que Baptiste évoque la bande et le rôle que lui, Christian Coudrier, va être amené à y jouer.

Tout est parti d'une dispute, en début d'après-midi, entre Goubert et Lorrain. Ils étaient en train de jouer au croquet dans le jardin public et Goubert a accusé Lorrain de tricher. Le ton est rapidement monté. Lorrain a insulté son camarade dont le sang n'a fait qu'un tour. Goubert, qui d'habitude se dégonfle comme un soufflé au fromage, a reproché à Lorrain de vouloir toujours tout régimenter, alors que lui, Goubert, n'avait d'ordres à recevoir de personne et certainement pas de quelqu'un qui utilisait la position de son père pour se proclamer chef. Lorrain est sorti de ses gonds et a commencé à pourchasser Goubert en menaçant de le frapper avec son maillet. Il n'y avait aucun adulte en vue. Goubert, en courant, s'est affalé sur le bitume et s'est ouvert le genou – son père l'appelle Monsieur Plaies et Bosses tant il est maladroit. Lorrain s'est arrêté net – on ne frappait pas un adversaire à terre – et, déséquilibré, a chu à son tour. Goubert s'est relevé et s'est précipité chez lui, en se jurant que plus jamais plus jamais plus jamais. Michèle Goubert a poussé les hauts cris en voyant le genou sanguinolent et le pantalon déchiré de son fils mais Philippe lui a coupé la chique en annonçant que, de toute façon, il ne retournerait plus jamais jouer avec Baptiste, c'était fini, terminé. Une trentaine de minutes plus tard, il s'est mis à douter du bien-fondé de sa résolution. Il a souri en pensant qu'en fait, Baptiste et lui se comportaient comme deux frères, eux qui étaient tous deux fils uniques : ils ne parvenaient pas à rester fâchés très longtemps.

C'est ainsi du moins que Christian retrace l'enchaînement de pensées de Philippe. Il l'imagine hésitant encore puis décidant brusquement de redescendre, prêt à faire la paix. Sauf qu'il ne trouve Baptiste nulle part, ni dans le jardin public, ni dans la cabane du terrain vague. Il fronce les sourcils – se pourrait-il que Baptiste soit rentré chez lui alors qu'il n'est que quatre heures de l'après-midi ? Il a soudain une illumination – la cave. Ou plutôt les caves. Elles courent tout le long du groupe scolaire, séparées par des murs en planches montés à la hâte à une époque antédiluvienne. On y entrepose tout ce qui encombre – anciens meubles, souvenirs offerts par les grands-parents, jouets délaissés – et tout ce qui doit rester au frais – bouteilles de plus ou moins grands crus ou boîtes de conserve de qualité douteuse. Baptiste s'y rend souvent en ce moment. Il s'est mis en tête de retaper un vieux vélo rapporté de chez sa tante et de le transformer en champion de la route – c'est sur cette monture qu'il effectuera son premier voyage, a-t-il décrété : il ira à la conquête de l'Europe avec ce destrier rénové de fond en comble.

Christian est incapable d'expliquer ce qui est en train de se dérouler. C'est comme s'il se retrouvait projeté dans la tête de Philippe Goubert. Il sent le sourire qui se dessine sur son visage – il prépare une surprise pour Baptiste. Il va descendre à pas de loup à la cave, se cachera dans un recoin et bondira sur Lorrain au moment où celui-ci s'y attendra le moins. Lorrain aura la frayeur de sa vie, il hurlera, il frappera peut-être, mais ensuite, il trouvera que Goubert a joué finement et il rira. Ils seront réconciliés.

Christian sent la migraine qui pointe, lui qui n'a jamais connu jusqu'alors le moindre mal de crâne. Il voudrait remonter à l'air libre, retourner chez lui, s'extraire de cette situation mais ses pieds sont de plomb et il continue d'opiner du chef avec la régularité d'un métronome tandis que Baptiste parle et que, Christian en est persuadé, Philippe écoute, quelque part dans la pénombre.

Baptiste pérore. Il en a gros sur la patate. Il n'en peut plus des enfantillages de Goubert. Il ne veut plus en entendre parler. Il explique à Christian (dont les cheveux à la base de la nuque se hérissent) que c'est lui, maintenant, qui le secondera pour organiser les activités de la bande. Il devrait faire attention, le Goubert – continue Baptiste, à bout de nerfs –, parce que tout le monde, vraiment tout le monde en a assez de lui et de ses simagrées. Ses parents, par exemple, Janick et Gérard Lorrain. Parfaitement. Bon, son père, ce n'est pas nouveau, il l'a eu dans sa classe l'année dernière, le Philippe, et il rentrait souvent excédé par son absence de sens pratique et ses jérémiades. En revanche, Baptiste n'avait jamais entendu sa mère critiquer les autres, ni les adultes ni les enfants. Pourtant, après l'épisode de la corniche où la responsabilité des uns et des autres avait beaucoup été discutée, Janick avait déclaré que, quand même, ce Philippe Goubert, c'était un problème. Il voulait toujours tirer la couverture à lui et il manquait de naturel. Il faisait des *manières*. Lorsqu'il passait à la maison dernièrement, elle pouvait à peine le regarder tant il l'énervait.

Christian serre les dents. Il aimerait que Baptiste cesse maintenant. Il pense à Goubert et à la façon dont les mots doivent le blesser, une série d'uppercuts et de directs du droit. Il se demande comment il réagirait, lui. Christian Coudrier aime plutôt bien Philippe Goubert, en fait. Ils sont dans la même classe depuis deux ans et ils se respectent. Ils ont même eu une grande conversation lors du voyage à Paris, l'an dernier, où Philippe a surpris Christian tant il était lucide sur ses défauts et tant il parvenait à se moquer de lui-même, au point qu'il avait réussi à faire rire de nombreux camarades en se lançant dans une parodie de ses exploits et de la réaction des instituteurs. Christian ne perd pas de vue non plus qu'il va entrer en CM2 avec Philippe en septembre, tandis que Baptiste, leur aîné d'un an, rejoindra le collège. Il n'a donc pas trop intérêt à se fâcher avec lui, d'autant qu'ils se retrouvent souvent côte à côte en classe, parce qu'ils sont tous les deux fils d'enseignants et que les autres imaginent qu'ils ont des tas de points communs.

Mais les digues ont cédé et Baptiste vogue sur le torrent de sa colère. Il dévie sur les parents de

Philippe et ressort des égouts les propos qu'il a entendus certains soirs, quand il y avait des invités à la maison et qu'il était censé être endormi dans sa chambre. On ne les invite plus. La mère est insupportable. Elle met son fils sous cloche, comme si c'était un bijou inestimable alors que bon, hein, franchement. Quant au père, alors là, c'est le pompon. Il est tellement sûr de lui qu'il passe la soirée à donner son avis sur tout et à critiquer ceux qui n'abondent pas dans son sens, n'hésitant pas à les traiter de tous les noms d'oiseaux. De toute façon, on l'entend à intervalles réguliers hurler après sa femme. Ses cris se répercutent sur les murs du groupe scolaire, mais personne ne réagit. Ah si. On ferme les fenêtres. Chacun son chemin. Chacun sa croix.

Lorsqu'il rentre enfin chez lui, Christian sait qu'il se souviendra toute sa vie de cette fin d'après-midi. Philippe Goubert aussi. Les mâchoires plus contractées qu'elles ne l'ont jamais été, il a entendu la fin de la conversation dans un brouillard de plus en plus dense. Il a hésité deux fois à sortir de sa cachette et à intervenir, confondant ainsi Baptiste Lorrain et les ragots qu'il colporte, mais au moment d'agir, ses genoux ont fléchi et il n'a pas bougé d'un iota. Un quart d'heure plus tard, Lorrain et Coudrier se sont séparés – apparemment Coudrier avait oublié d'accomplir une tâche importante et risquait les foudres de sa mère – et ont remonté l'escalier, passant devant Goubert tapi dans l'ombre, Lorrain sûr de lui et encore remonté, Coudrier plus circonspect et jetant des coups d'œil alentour. La minuterie de la cave s'est éteinte. Philippe a laissé s'écouler quelques minutes dans le noir le plus complet. Il n'avait pas peur. Il n'avait pas mal, non plus. Il respirait lentement et profondément. Il sentait que son existence venait brutalement de prendre une nouvelle direction. Dans l'obscurité du sous-sol, il s'est vu invité à la télévision, des années plus tard. L'animateur de l'émission du vendredi soir consacrée à la littérature l'interviewait. Il souhaitait comprendre de quand exactement datait sa vocation à raconter des histoires. Goubert prenait une longue inspiration puis racontait froidement l'anecdote de ces deux camarades en train de réparer le vieux vélo et de réduire en miettes la confiance qu'il avait dans les adultes. Il souriait – un sourire bref et glacial – et ajoutait cette phrase qui résonnait dans le studio : « Ce jour-là, je suis devenu un autre. »

La phrase tourne encore dans sa tête quand il se décide enfin à décoller son dos de la paroi en briques et à appuyer sur l'interrupteur. Il regarde un long moment les lieux, persuadé qu'il doit en retenir non seulement l'apparence et la configuration, mais aussi l'odeur – de l'humidité, du salpêtre ainsi qu'une curieuse nuance de noisette dont il ne s'expliquera jamais la présence – et les couleurs. *Ce jour-là, je suis devenu un autre.* Ce ne sont pas les reproches de Baptiste qui le chagrinent le plus. Il est conscient d'avoir amplement mérité la fureur de son ex-meilleur ami. Il reconnaît qu'il peut facilement agacer – il l'a déjà remarqué maintes fois. Non, ce qui le heurte c'est de se rendre compte qu'une fois les portes des logements de fonction refermées, les adultes *portent des jugements* – pas seulement les uns sur les autres, ce qui paraît au fond tout à fait normal, mais aussi sur la progéniture de leurs voisins. Il est d'autant plus blessé que la critique provient de Janick Lorrain qui a toujours été, et de loin, un modèle pour lui – bien plus que sa propre mère ou que son père. Elle incarne à ses yeux la perfection – une alliance rare de douceur et de modernité. La façon dont elle s'exprime (cette voix calme et posée et les phrases affirmatives qui montent imperceptiblement en fin de proposition, se transformant presque en interrogatives), sa silhouette élancée et racée, l'élégance de ses tenues, ce monde extérieur qu'elle représente puisque elle, au moins, ne travaille pas dans le groupe scolaire – tout séduit Philippe, qui trouve sa mère bien plus quelconque, avec son rire tonitruant et contagieux, ses tenues parfois mal assorties et ses molaires en métal qui brillent au fond de ses gencives. Philippe a toujours secrètement mis Janick sur un piédestal et, même après la révélation de cette fin d'après-midi, il ne se résout pas à l'en faire descendre. Une telle femme ne peut pas avoir tort. C'est lui qui l'a déçue, c'est donc à lui de changer. De devenir un autre.

Philippe ne parvient pas à remonter chez lui et à retrouver cet appartement qui lui semble soudain étriqué et pesant. Il a besoin d'air, de vent qui balaie, d'eau qui lave l'affront. Il sort par le jardin public. Il suit la rue Denis-Diderot jusqu'au bout, tourne à gauche vers le nouveau Crédit agricole, puis continue sur l'avenue qui traverse l'agglomération et conduit vers la campagne et les gares lointaines desservies par l'Arbalète. Quand les policiers le récupéreront quelques heures plus tard, il sera incapable de justifier cette errance qu'ils appelleront fugue – ajoutant encore plus de soufre à la réputation de Philippe Goubert. Il s'excusera bien sûr devant ses parents éplorés, mais son ton restera presque désincarné. Parfois les adultes ignorent le poids qu'ils peuvent avoir sur la destinée des enfants qui ne sont pas les leurs.

6

Leurs yeux se re-rencontrèrent

Charles Florimont est également convaincu qu'il se souviendra de cet après-midi-là toute sa vie. Pour la première fois, en ce début d'été, il franchit les portes du groupe scolaire. Il en connaît la réputation tout autant que les failles. L'inspecteur l'a prévenu – il a appuyé sa candidature en tant que maître formateur dans cette école et obtenu l'aval des syndicats mais cela ne serait pas de la tarte. En tirant sur sa cigarette blonde, l'inspecteur l'avait informé qu'il s'agissait en fait de tirer de leur torpeur tout un groupe d'instituteurs qui s'endormaient sur leurs lauriers et ne remettaient plus en cause leurs pratiques pédagogiques. Consciencieux, sérieux, aucun doute là-dessus, mais bien trop « vieille école ». Charles avait froncé les sourcils et l'inspecteur avait soupiré :

« Vous voyez quoi, leçon de morale au début de la journée, discipline martiale, recours à l'humiliation, bons points, enfin tout ce qui faisait la joie de mes prédécesseurs. Je suis persuadé qu'ils ont tous les atouts en main pour changer, mais il leur faut un exemple, un flambeau, et ce flambeau ce sera vous. » Charles avait néanmoins fait remarquer qu'il ne serait nommé qu'en tant que collègue – le CM2 apparemment, d'après les informations qu'il avait glanées – et pas en tant que directeur. L'inspecteur avait pincé les lèvres.

« Ah, le directeur. Bon, c'est le sujet le plus délicat. Un homme très investi par sa mission. Il a toute ma confiance, évidemment. Tout comme vous. J'espère que vous vous entendrez bien.

— Et si ce n'est pas le cas ?

— Nous aviserons. Il n'y aura aucun problème, vous verrez. Je lui téléphonerai au besoin. En attendant, glissez mon nom dans la conversation, il est intelligent, il comprendra. Bonne chance, Florimont. J'attends de grandes choses de votre part. »

Charles était sorti du bureau à la fois heureux et inquiet – une conjonction à laquelle il était habitué, les moments de bonheur et d'angoisse coexistant en lui depuis le moment où il avait perdu sa mère le jour où il avait réussi le concours de l'école normale. Il avait entendu parler de Gérard Lorrain, bien sûr. Chaque enseignant un tant soit peu charismatique avait une réputation qui l'entourait et le précédait dans l'agglomération. Les échos qui lui étaient parvenus étaient très contradictoires et Charles n'aimait pas les ragots. Sur lui-même ne courait aucun bruit : il venait de passer huit ans en pleine campagne, à trente-cinq kilomètres de son domicile, huit ans de classe unique – les enfants l'adoraient, les parents aussi, mais il ne se voyait pas terminer son existence dans le trou qu'il s'était creusé, et son épouse n'aimait pas le savoir sur les routes matin et soir alors que les accidents de voiture se multipliaient au point de devenir un fléau national. Ses talents avaient été repérés lors des visites d'inspection, si bien que l'inspecteur était devenu une sorte de mentor qui conduisait dans l'ombre la carrière de Charles, qu'on imaginait brillante au point de finir à l'Inspection académique voire au rectorat de l'académie. Charles incarnait le renouveau et l'avenir. On comptait sur lui.

Alors, lorsqu'il a obtenu sa mutation, Charles a pris rendez-vous avec Gérard Lorrain. C'est aujourd'hui. Lorsqu'il sort de l'entretien, il est déboussolé mais fier. Il trouve tout de même que l'inspecteur aurait pu être plus clair – en arrivant ici, on quittait les terres démocrates pour entrer chez les paramilitaires, les parachutistes, les totalitaires d'Amérique du Sud. Lorrain était accompagné d'un de ses lieutenants, Lespinasse, à l'air plutôt bonasse et avenant, jusqu'à ce qu'il révèle sa passion pour la chasse et les battues organisées le dimanche dans les forêts environnantes. Lorrain, lui, avait le physique de l'emploi, sec comme un coup de trique, les sourcils broussailleux, la voix rauque, les yeux d'un vert glaçant enfoncés dans les orbites. D'emblée, la tension était montée entre le nouvel arrivant et son futur directeur. Lorrain était persuadé que

Florimont n'avait qu'un seul but : lui prendre sa place, acquise de haute lutte contre Durantel, un vieux de la vieille qui refusait de prendre sa retraite.

À la mention de Célestin Freinet et des innovations pédagogiques qu'impliquait sa méthode, Lorrain a serré les dents – ainsi donc, Florimont correspondait bien au portrait qu'on lui en avait dressé, celui d'un révolutionnaire, et de la pire espèce : un *démagogue*. Qu'on ne s'y méprenne pas. Sept ans auparavant, Lorrain avait rejoint (avec retard et après beaucoup de tergiversations, soit) le camp des soixante-huitards – mais il en était revenu. Certes, il était fondamentalement attaché à la liberté de mouvement, mais lorsqu'on voyait toutes les dérives, la place de plus en plus grande que réclamaient les femmes, les droits qu'on voulait octroyer aux enfants, on ne pouvait que craindre les dérives et, disons-le, oui, le chaos. D'ailleurs, cette minirévolution s'était terminée en eau de boudin, non ? Et qu'est-ce qu'il en restait ? Des hippies écoutant de la musique anglo-saxonne et des jeunes femmes en minijupe ! Joli tableau !

Et, tandis que les pensées s'enchaînaient dans l'esprit du directeur, Charles Florimont continuait de pérorer et de présenter ses projets, comme s'ils étaient déjà actés. Des déplacements pour rencontrer des artistes – il avait un contact sérieux avec Victor Vasarely –, un échange scolaire avec d'autres enseignants Freinet en Bretagne ou en Normandie, une imprimerie, la mise en place d'un atelier poterie. Gérard Lorrain avait coupé court à la litanie avec un sourire carnassier. « Avec quel argent comptez-vous mettre au point ces projets, cher ami ? Si vous imaginez que la coopérative scolaire peut subvenir à vos besoins, vous vous fourrez le doigt dans l'œil jusqu'au coude ! » Florimont avait blanchi mais ne s'était pas démonté. Il avait l'habitude de monter des projets et de trouver les financements adéquats auprès de la municipalité et des instances de l'Éducation nationale. Il n'aurait pas besoin de l'aumône de Lorrain. Ce dernier avait voulu conclure d'un ton mielleux que Florimont aurait de toute façon besoin de son aval, ce à quoi Charles avait répondu qu'il avait déjà celui de l'inspecteur, qui comptait parmi ses connaissances proches. La foudre s'était abattue sur Lorrain. Une taupe. Il aurait dû s'en douter.

En descendant les quatre marches en pierre qui séparent le bureau du directeur de la cour de l'école des garçons, Florimont est en proie à un tel maelström d'émotions contradictoires que ses mains en tremblent encore. Il anticipe les difficultés auxquelles il sera confronté dans les années à venir, les prises de bec, les révoltes, les vengeances, les rancœurs et, en même temps, il est content d'avoir tenu tête, de ne pas s'être dégonflé devant les attaques. Il se verrait presque en héros, là, tout de suite, dans le soleil encore haut de ce début juillet. Il pense à ses vacances et se rembrunit. Pour la première fois, sa fille ne les accompagnera pas, sa femme et lui, à

Saint-Gilles-Croix-de-Vie. Elle a dix-huit ans, adulte et responsable donc, depuis que l'Assemblée a voté l'abaissement de la majorité légale, et elle travaillera dans une colonie de vacances pour se faire de l'argent de poche et se payer le permis. Charles est fier d'elle. C'est une guerrière, une fille qui ne se laissera pas marcher sur les pieds, comme sa mère. La fierté n'empêche pas la nostalgie et Charles sent le nœud dans sa gorge quand il repense aux vacances qu'ils ont vécues tous les trois, là-bas, dans la petite location presque à la lisière de la ville. Il n'a aucune idée de ce que ces congés lui réservent. Josée et lui n'ont plus l'habitude d'être continuellement l'un avec l'autre. Ici, ils ont leurs activités, leurs passions, leurs métiers – elle est employée au Crédit du Nord et passe ses journées derrière le guichet. Elle pratique la gymnastique volontaire et se rend deux fois par semaine à la piscine pour parfaire sa plastique. Elle n'a pas pris un gramme depuis la naissance de Claudine. Elle aime aussi feuilleter les magazines de mode et confectionner des robes. Il n'apprécie que le sport collectif – à part le football qui ne l'a jamais inspiré –, s'intéresse aux travaux manuels, poterie, émaux, ferronnerie. Il dévore les romans au point qu'il a presque épuisé les étagères de la bibliothèque municipale et qu'il s'angoisse à l'idée que, un jour, il n'ait plus de livre à lire. Sinon, il prépare. Des fiches, des cours, des progressions, des expériences. Josée lance parfois sèchement qu'il n'arrête pas de bosser et il hausse les épaules.

Il pense qu'un métier qui devient une passion n'est plus un labeur mais une façon de vivre et d'envisager le monde. Il sait que sa femme se vante de la réussite de son mari en tant qu'enseignant. Cela ne l'empêche pas de se plaindre du peu d'argent qu'il retire de toutes ces heures consacrées à ses élèves. « Si au moins cela nous enrichissait ! » soupire-t-elle en croisant ses bras sur son ventre plat et musclé.

Il s'arrête un moment sur la dernière marche et remarque une silhouette à contre-jour sous le porche qui mène à l'école des garçons. Il pense à ses BT – les Bibliothèques de travail, ces revues pédagogiques produites par des instituteurs à l'intention des élèves et recouvrant des sujets aussi divers que le bois de construction ou le château de Chambord. Il aimerait en concocter une. Les CM2 dont il a hérité prendraient les photos et rédigeraient les paragraphes tandis qu'il s'occuperait de la cohérence de l'ensemble. Ils seraient félicités par l'inspecteur et par les enseignants Freinet. Ils serviraient de modèle. Ils auraient sans doute un article dans le journal local. Le journal. Voilà quelque chose qui lui tient à cœur aussi. Il a pu acheter, grâce à une bourse de l'Éducation nationale, sa propre mini-imprimerie, avec composteurs, interlignes en bois, plaque à encrer et caractères. Avec ces outils, ses élèves pourront créer leur propre mensuel, composé de textes qu'ils auront écrits et qui seront issus de leur imagination ou bien décriront la vie de la classe. Cette feuille de chou sera vendue aux parents, grands-parents, voisins, et l'argent récolté financera des sorties culturelles. Ce sera...

Les pensées de Charles Florimont s'enraient tandis que la silhouette s'avance dans la cour en souriant et le salue d'un « Bonjour Charles ! » qui se voudrait sans doute plus assuré qu'il ne l'est. Dans l'esprit de Florimont, les personnages se bousculent – ils s'appellent Julien Sorel et Louise de Rénal, Emma et Rodolphe, Jacques et Gertrude (il a eu du mal à retenir ses larmes en lisant *La Symphonie pastorale*). Il sent son cœur qui s'emballe et balbutie un prénom – Michèle – qui sonne à la fois comme une interrogation et une extase. Michèle rit de son étonnement. Comment, il ne savait pas qu'elle habitait et enseignait là ? Elle, en revanche, était au courant de sa nomination qui faisait grand bruit dans le groupe scolaire. Elle devinait bien qu'elle allait le croiser souvent désormais. Elle l'avait vu entrer dans l'école des garçons tout à l'heure et, depuis, elle attendait qu'il ressorte. Elle avait peur de le manquer. Elle ne voulait pas que leurs retrouvailles – elle se racle la gorge pour tenter de calmer l'éraillement subit de sa voix – se produisent entre deux portes, à la va-vite. Elle pouffe à nouveau. Elle trouve qu'elle parle trop. Elle se tait quelques secondes – une longue minute. On entend les moineaux et les mésanges dans les arbres. Pour l'un comme pour l'autre, le décor disparaît. Ils revoient la route presque poudreuse, la 4 CV beige, les champs de betteraves à l'infini.

C'était il y a douze ans. Il s'en était fallu d'un cheveu. Elle était déjà mariée mais pas encore mère. Claudine, elle, venait de fêter son sixième anniversaire dans une ambiance détestable – Josée et Charles traversaient une période difficile, les reproches muets s'accumulaient et se transformaient en reparties fielleuses et amères. Michèle effectuait un remplacement dans une école de campagne, à quelques kilomètres de celle de Charles. Ils s'étaient téléphoné puis rencontrés, à propos de la famille Marchecourt dont les parents divorcés habitaient chacun dans l'un des deux villages où Charles et Michèle officiaient. Les enfants souffraient de la séparation et de la honte qui en découlait. Ils avaient longtemps parlé d'éducation en picorant le gâteau au citron qu'avait confectionné Charles pour l'occasion. Ils avaient dérivé doucement, Charles s'échauffant en évoquant les nouvelles techniques pédagogiques qui permettaient de remettre l'enfant au centre du processus, Michèle sentant l'admiration et la frayeur grandir en elle. La frayeur, parfaitement, parce qu'elle reconnaissait les premiers signes du désir et de l'excitation sexuelle et qu'ils étaient fort malvenus entre deux êtres unis à d'autres par les liens sacrés du mariage. Lorsqu'elle était rentrée chez elle, ce soir-là, elle avait eu peur qu'André ne se doute de quelque chose, mais André l'avait à peine regardée : il était tard, il avait faim. Cette nuit-là, après avoir exécuté un devoir conjugal presque désagréable, elle s'était juré de se tenir à distance de ce Charles Florimont qui, à l'heure qu'il était, dormait probablement, le sourire aux lèvres, dans les bras de son épouse.

Et puis il y avait eu ce stage à l'intitulé rébarbatif – « La littérature au sein des écoles de l'enseignement public ». Michèle s'y était inscrite parce qu'elle en avait assez de lire aux petits de la maternelle des histoires de cochons réfugiés dans leurs maisons pour échapper au loup et de poules rousses qui rangent impeccablement leurs intérieurs. Charles souhaitait partager sa récente expérience – il avait demandé à ses élèves de CM2 de créer leurs propres textes et avait été bluffé par les résultats. Tous deux avaient déchanté. Le professeur de l'école normale qui animait le stage était ennuyeux au possible et ne souhaitait pas être interrompu : il s'agissait de prendre des notes, un point c'est tout. Charles et Michèle étaient assis l'un derrière l'autre et ils avaient commencé par échanger des messages. L'un d'eux était si spirituel que Michèle n'avait pu retenir un éclat de rire et avait été obligée de quitter la pièce, sous les regards courroucés des organisateurs. Le soir même, Charles proposait de la raccompagner chez elle en voiture – ce serait tellement plus rapide que l'autocar.

Le troisième matin, le dernier du stage, Charles passe la chercher plus tôt que d'habitude. André fronce les sourcils mais Michèle explique que les participants ont préféré commencer dès potron-minet pour finir la journée plus tôt. Elle se découvre à l'occasion des talents pour la duplicité et en est fort surprise – elle ne savait pas qu'elle pouvait être ce genre de femme là. Cette vamp qui peut faire tourner la tête des hommes. Cette amante qui ment à son mari. Cette adultérine que l'on admire dans les films et les romans mais que l'on conspue dans la vie courante. Elle modère son entrain au moment de monter dans la 4 CV parce qu'elle devine que, derrière le rideau de la cuisine, André surveille. Elle serre cérémonieusement la main de Charles. Ils sont bien empruntés, tous les deux.

Une demi-heure après, ils sont à l'orée d'un champ de colza tandis que le soleil entame sa course. Le jaune inonde l'horizon. Il a apporté une de ces petites bouteilles thermos dont on se sert parfois pour les pique-niques. Il lui offre un café, elle qui ne prend jamais rien d'autre le matin qu'un peu de lait et deux tranches de pain grillé. C'est l'aventure. Les digues de Charles cèdent. Il se met à parler. De la certitude qu'il a d'avoir trouvé en elle son âme sœur. De cet avenir qu'ils pourraient se bâtir. Ils partiraient au bout du monde, au Pérou, puisqu'elle lui a avoué l'avant-veille que c'était le pays qu'elle rêvait de visiter. Il s'était renseigné à l'agence de voyages et il avait consulté ses BT, parce que oui, parfaitement, il y en avait une sur les Incas et le Machu Picchu. Il imaginait leurs deux silhouettes cheminant parmi les ruines et respirant l'air pur des Andes. Il y pensait si fort que, cette nuit, il s'était réveillé en étant persuadé que c'était elle qui était à côté de lui, et pas

Josée dont on soupçonnait maintenant qu'elle était dépressive.

Elle lui serre le bras. Elle pose sa tête sur son épaule. Elle se dit qu'ils vont arriver en retard au stage et que tout le monde les remarquera – les habits froissés, le rouge aux joues –, ils devineront. Il faudra inventer. Broder. Une panne mécanique. Les mains de Charles barbouillées de cambouis. On est désolés. On est vraiment désolés. Restera un doute, une suspicion qui se dissipera vite parce que non, Michèle Goubert ne mange pas de ce pain-là, elle est toujours si correcte et même un peu collet monté. Quant à Charles Florimont, mon Dieu, il n'a rien d'un Apollon avec ses cheveux roux frisottés et son teint blafard – non, décidément, elle est tellement mieux que lui physiquement que rien n'est envisageable. Seule Arlette, qui les connaît davantage l'un et l'autre, se demandera si. Elle en sera ravie, parce qu'elle déteste la façon dont André Goubert traite sa femme et qu'elle trouve Josée Florimont insupportable avec ses perpétuelles crises de nerfs.

Leurs visages se rapprochent. Ils vont s'unir dans un baiser en cinémascope. C'est beau. On a de l'eau dans les yeux et le mouchoir à proximité. Et c'est là qu'arrive cette fichue guêpe qui, non contente de venir troubler l'habitacle avec son zézaiement sinistre, se met en tête de piquer Charles à la base de ce cou qu'il tend vers sa nouvelle bien-aimée. Une catastrophe. Le cri. Le déséquilibre. Le bordel. Charles sort de la voiture en hurlant (il a toujours eu horreur des insectes et est persuadé à tort qu'il est allergique aux dards) tandis que Michèle peine à retrouver une position décente et comprend qu'il s'agit sans doute d'un signe, d'une punition divine, alors même qu'elle ne croit plus en rien depuis que, adolescente, elle a vu le curé de sa paroisse allongé dans les champs en train de se donner du plaisir. Charles ne peut plus conduire. Elle est obligée de s'y coller, elle dont personne ne comprend comment elle a pu obtenir le permis. Le trajet est une catastrophe. Elle manque plusieurs fois avoir un accident tandis qu'à ses côtés Charles agonise, son cou gonflé comme celui d'un taureau. Leur arrivée sur le lieu du stage provoque une véritable commotion. Le médecin et les pompiers sont appelés d'urgence – il faut absolument sauver ce nouveau génie de l'enseignement. Michèle raconte la fenêtre que Charles ouvre tout en conduisant et l'irruption de l'insecte maléfique. Ses auditrices poussent des oh et des ah. Elle devient l'héroïne qui défie le destin, oblige le mâle dominant à s'arrêter, prend son courage et le volant à deux mains et parvient à les amener à bon port. La frustration fond peu à peu devant la fierté qu'elle ressent. Charles ne reviendra pas de la journée. C'est Arlette qui la reconduira. Michèle ne lui racontera rien. La piqûre et ses conséquences se terniront dans sa mémoire. Ne resteront que le matin doré, l'évocation du Pérou et des cités andines perdues, et l'entraperçu d'un ailleurs. Peu après, André et elle déménageront. Elle tombera enceinte. Deviendra la mère de ce Philippe qui lui donne bien du souci et qui entre en CM2, au moment même où Charles arrive dans le groupe scolaire pour prendre ce niveau en charge.

L'un en face de l'autre, dans ce silence à peine troublé par le chant des oiseaux et la voix insupportablement aiguë de Geneviève Coudrier qui appelle son fils par la fenêtre, ils mesurent le chemin parcouru et les dégâts causés par l'occasion ratée. Il la trouve toujours aussi séduisante malgré les premières pattes-d'oie au coin des yeux et cette frange à la Stone qui ne lui va pas du tout. Elle aime qu'il ait un peu pris de poids – c'était un tel sac d'os ! – et que les lunettes qu'il arbore désormais lui donnent l'air plus sérieux et plus pondéré. Le roux de ses cheveux semble s'être légèrement affadi. Dans son souvenir, ils étaient plus flamboyants. Un début de calvitie se fraye un chemin sur la ligne du front. Les rides se sont creusées également. Elle est émue. Elle a envie de le prendre dans ses bras et de le bercer comme un enfant. Elle se reprend. Ce n'est certainement pas le moment ni le lieu – elle peut imaginer les paires d'yeux qui, derrière les rideaux, espionnent et s'interrogent. Elle reste à distance alors qu'elle aurait envie de toucher cette peau dont l'élasticité commence à se relâcher. En face d'elle, Charles Florimont reste coi. Il ne trouve pas les mots, perdus dans cet océan de sensations qui se soulève en lui, remonte le long du sternum et vient se bloquer dans la gorge. C'est elle qui relance la conversation. Elle veut savoir comment s'est passé l'entretien avec Lorrain. D'un seul coup, le larynx laisse à nouveau passer l'air et Charles parvient à répondre que eh bien, comme on aurait pu l'imaginer, assez mal. Elle rit. Elle réplique qu'elle s'en doutait et que c'est plutôt bon signe. Les parents sont toujours inquiets quand leurs enfants vont entrer dans la classe de Lorrain – ils ont tellement entendu parler de ces histoires d'oreilles décollées et de dents de lait n'ayant pas résisté aux gifles. Charles tressaille. Michèle ajoute que c'est sans doute très exagéré, ce sont surtout des racontars déformés et amplifiés même si, au fond, il doit y avoir un fond de vrai puisque Philippe a eu une trouille bleue pendant toute son année de CE2. Elle se racle la gorge. Elle précise que Philippe, c'est son fils, et ta femme et ta fille, comment vont-elles ? Il répète « bien, bien » comme un robot et enfin il se met à sourire. Il demande quel âge a Philippe maintenant. Dix. Il entre en CM2, à l'école des garçons. Il bredouille qu'alors ils se croiseront régulièrement parce que c'est lui qui s'occupera de ce niveau-là. Elle est au courant. Elle s'est renseignée. Elle en est très heureuse, plus qu'heureuse même (et elle place sa main droite devant son nez et sa bouche, comme pour dissimuler ce sourire qui ne veut pas s'effacer), elle sait depuis longtemps à quel point Charles est un enseignant fabuleux et elle est sûre que Philippe et lui s'entendront à merveille. « Il est..., ajoute-t-elle en fixant soudain le mur de briques derrière Charles, intelligent mais trop sensible. Et particulièrement maladroit. » Charles rétorque qu'il ne comprend pas comment on peut être trop sensible, et Michèle murmure : « Voilà, c'est cela. C'est exactement cela. »

Un bruit de fenêtres qu'on ouvre. Geneviève Coudrier cherche toujours son fils et vérifie une dernière fois dans la cour avant de remettre ses chaussures et de filer au terrain vague pousser une beuglante dont il se souviendra toute sa vie. Elle reste en arrêt devant les deux silhouettes au bas des escaliers. Ils ne se touchent pas mais elle ressent les ondes qui passent entre eux. Geneviève Coudrier a le nez pour ça. Elle aurait fait une concierge exemplaire, surtout pendant la Deuxième Guerre mondiale. Elle les salue de sa voix chantante puis referme les croisillons en réfléchissant. Depuis quand ? Comment ? Elle a hâte de retrouver son carnet. En attendant, il faut déjà qu'elle remette la main sur son Christian. Un vrai goujon, celui-là. Il frétille tellement qu'il te file entre les doigts sans que tu t'en rendes compte.

En bas, ils se séparent. Les vacances arrivent.

Interlude

(15 juillet - 21 août)

Ils s'égaillent. Dès la deuxième semaine de juillet arrivée, ils prennent leurs quartiers aux quatre coins de la France. Ils reviennent dans ces régions dont ils sont originaires ou dans celles qu'ils convoitent, pour la retraite. Charles et Josée Florimont, en Vendée, soignent les attaques nerveuses de madame et s'essaient à l'aquarelle (et elle est beaucoup plus douée que lui, il a besoin de davantage de temps, de lenteur d'exécution, il préférerait l'huile) tandis que, à quelques centaines de kilomètres, leur fille Claudine hurle sur des gamins de dix ans qui n'en font qu'à leur tête.

Les Lorrain, comme tous les ans, ont un programme sportif chargé. Ils doivent traverser une partie des Alpes puis partir en kayak descendre les gorges du Verdon. Janick ne rechigne pas. Elle aime la proximité de la nature, observe les différentes teintes dont elle se revêt, et particulièrement l'aspect des végétaux. Elle voudrait un jour créer des robes et des manteaux qui se fondent au décor, elle appellerait la collection

« caméléon ». Baptiste s'efforce de faire la fierté de son père, imite ses mouvements, ses yeux mobiles, son ton parfois cassant, sa façon de contempler le paysage. Gérard Lorrain anticipe – l'année prochaine, aux vacances de Pâques, son groupe et lui rejoindront les confins du monde connu, ils iront gravir les sommets d'Afghanistan. Ils avaient au départ jeté leur dévolu sur le Népal, mais le pays est paraît-il devenu le point de chute de tous les drogués de la Terre et il flotterait en permanence dans l'air l'odeur de la marijuana. Gérard Lorrain enrage – les hippies sont vraiment la lie de la planète, d'autant que sous des airs de vouloir protéger l'environnement, ils se soucient peu de leurs détritus et saccagent tout sur leur passage. Gérard Lorrain a pourtant une expérience fort limitée des hippies : une communauté rencontrée dans le Lubéron lors d'une randonnée l'an dernier, dont les membres se sont doucement moqués de l'accoutrement des Lorrain, les comparant aux personnages de Tintin au Tibet ; et Jean-Louis, le cousin des Goubert, une sorte de grand échalas portant toute l'année un pull irlandais et une paire de ces sabots noirs à la mode. Jean-Louis voulait devenir instituteur pour enseigner aux gamins comment résister à ce système qui les broyait. Michèle Goubert l'avait envoyé rencontrer Gérard Lorrain pour le confronter à la réalité du terrain. Jean-Louis avait changé d'orientation. Il pensait maintenant se convertir à l'horticulture.

Les Coudrier retournent sur les terres familiales,

près de Clermont-Ferrand. Ils habiteront dans l'appartement de la tante de Geneviève Coudrier qui, elle, passera ses congés à Majorque, dans cette villa des Baléares où Geneviève ne désespère pas d'être invitée un jour et dont elle compte bien hériter lorsque l'heure aura sonné, puisque sa tante n'a aucun descendant ni aucun conjoint connu. « Tata est une femme libre » dit Geneviève Coudrier lorsque son nom est évoqué – et puis elle éclate d'un rire amer, sans jamais donner davantage d'explications. Pendant les quatre semaines que durera la transhumance (les Coudrier partent invariablement le 18 juillet et reviennent le 18 août), la famille regardera du balcon le magnifique spectacle offert par le Massif central (« profitez bien les enfants, c'est gratuit, en plus ! ») sans jamais escalader un de ses sommets et sans jamais s'y rendre en voiture non plus parce que Geneviève est malade dans les lacets. Les enfants iront à la piscine municipale située à deux cents mètres, au supermarché distant d'un kilomètre et auront le droit d'aller acheter une glace chez le pâtissier au coin de la rue. Ils feront aussi leurs cahiers de vacances, surtout Christian, qui entre en CM2, là où les choses sérieuses commencent. Malheureusement, son maître sera apparemment Charles Florimont qui, aux dires des uns et des autres, laisse aux élèves beaucoup d'autonomie (sans doute pour aller conter fleurette à Michèle Goubert), ce qui signifie que le programme ne sera pas bouclé. Geneviève, avec une logique aussi implacable que tordue, insiste donc pour que Christian apprenne les notions de mathématiques et de français de l'année prochaine dès juillet, comme ça, il aura de l'avance.

Les Lespinasse innoveront cette année : ils ont décidé de quitter cet Allier où ils retrouvaient d'habitude les cousins et de tenter l'île de Ré dont on leur a dit le plus grand bien. Ils ont opté pour le camping. Cet été sera une révélation pour Nathalie, qui tombera amoureuse d'un jeune Hollandais blond et timide prénommé Jens. Julien Lespinasse détestera ces vacances en famille et tirera des plans pour partir aux États-Unis l'an prochain tandis que son père, Hubert, se lamentera de l'interdiction de chasser sur cette île et se consolera en partant à la pêche en mer sous le regard indifférent de Colette, la seule à regretter l'Allier et la bonne humeur contagieuse des cousins.

Les Goubert, quant à eux, partiront en ordre dispersé – madame et son fils iront rejoindre ce Sud-Ouest dont Michèle est originaire. Ils se retrouveront dans la ferme de ses parents qui, s'ils ont largement l'âge d'être en retraite, n'ont pas encore renoncé à l'agriculture. Le grand-père a seulement accepté, pour fêter ses soixante-dix ans, d'abandonner l'élevage, trop contraignant en termes d'horaires. On se contente maintenant d'une basse-cour qui fournit les canards et les poulets dont la table peut avoir besoin dans les grandes occasions et de deux cochons qu'on exécute en toute bonne conscience au début de l'automne, afin d'en tirer la charcuterie dont on se repaîtra le reste de l'année. Comme la plupart des enseignants migrateurs, Michèle est déchirée entre sa ville natale, la vue des Pyrénées, ses souvenirs d'adolescence, ses amies d'enfance et sa région d'adoption où, depuis plus de vingt ans maintenant, elle a construit sa vie. Elle se souvient des premiers temps, de ce poste au fin fond de la Haute-Marne où l'eau devait encore être tirée au puits et où elle passait l'hiver collée au poêle à bois. Elle pleurait tous les soirs, dans ce coin où elle ne connaissait personne et où son accent chantant faisait froncer les sourcils. Elle avait failli y laisser sa peau, enchaînant maladie sur maladie, mais elle avait tenu bon, parce qu'elle voulait ce métier, ce salaire, cette indépendance. Ne jamais être sa propre mère, travailleuse acharnée, agricultrice non déclarée, n'ayant aucun droit si son mari la répudiait. Lorsqu'elle évoque sa mère, Michèle serre les mâchoires – elle voudrait en être plus détachée, elle n'y parvient pas. Toutes les vacances, elle retourne vivre avec le couple parental et elle a l'impression de redevenir cette enfant dépendante qu'elle a détesté être. Ce serait plus facile, aussi, si elle avait un véhicule, mais c'est André qui garde la voiture. Il travaille jusque fin juillet – parce qu'à la SNCF, on n'est pas des fainéants comme dans l'Éducation nationale et qu'on ne passe pas sa vie en congés – et descend d'une traite début août. S'ensuivent trois semaines de malaise, ponctuées de sorties harassantes dans les montagnes pour prendre de grands bols d'air pur, de disputes larvées entre André et ses beaux-parents, de remarques désobligeantes souvent dirigées vers Philippe, puisqu'on ne peut pas s'en prendre à quelqu'un d'autre, et de repas familiaux qui manquent tourner vinaigre. On ne va jamais ailleurs. On n'explore pas la France. On passe encore moins les frontières. Philippe s'ennuie. La mort dans l'âme, on se rend alors une journée à Irun, chez les Espingouins dont l'hygiène laisse à désirer, pour acheter du porto ; ou sur la côte landaise, voir comment ceux qui ont de l'argent le dépensent. À partir de la mi-août, Michèle a des migraines régulières, André s'énerve pour un rien et Philippe devient de plus en plus difficile à alimenter. On s'accorde à dire qu'il est temps que la rentrée arrive – d'autant que cette année, il y a cette nouveauté, les classes mixtes, qui provoque des frissons d'inquiétude ou de curiosité.

L'été s'achève, on agite les mouchoirs, on distribue les bonbons à la menthe pour les trajets de retour, les filles entonnent les chansons à la mode, les garçons soupirent : la musique, c'est tellement ennuyeux ! Les mères se calent contre le siège passager et hésitent avant de mettre la ceinture. Elle n'est obligatoire que depuis peu, et encore, seulement hors agglomération. Les pères font vrombir les moteurs et claironnent que quand faut y aller, faut y aller.

Alors on y va.

DEUXIÈME PARTIE

AUTOMNE

1

La révolution en marche

Florimont a eu les coudées franches, dès le mois de septembre. Il a suffi d'un coup de fil de l'inspecteur. Celui-ci, plus finaud qu'il n'en a l'air, n'a pas menacé Lorrain des foudres de Jupiter s'il mettait des bâtons dans les roues de Florimont. Il sait que Lorrain s'épanouit dans l'agressivité et le combat – des années de lutte contre les éléments et les espaces naturels l'ont aguerri. L'inspecteur a repéré le talon d'Achille du directeur de Denis-Diderot : la vanité. Un orgueil qu'il tente de dissimuler mais qui revient au galop dès qu'on empiète sur ses plates-bandes. C'est en souriant que l'inspecteur a alors téléphoné à Lorrain, l'avant-veille de la rentrée, chez lui et non à l'école. Il lui a assuré reconnaître tous ses talents et lui a promis que si, au lieu de dénigrer d'emblée les techniques développées par Florimont et consorts, il s'y intéressait ou à tout le moins les considérait avec bonhomie et les laissait évoluer à leur guise, alors, l'inspecteur le proposerait pour les palmes académiques – et, a perfidement ajouté le représentant direct du ministère, cela prouverait également que Lorrain a de la rondeur et sait s'adapter au changement. C'est important, c'est même décisif lorsqu'on a des ambitions dans l'Éducation nationale, Lorrain. Ce dernier en a déduit qu'on pensait à lui pour de plus grandes responsabilités – conseiller pédagogique voire, qui sait, inspecteur. Après tout, celui avec qui il venait de converser n'était pas loin de la retraite.

Cela a été un vrai choc pour Florimont de voir Lorrain l'accueillir à la rentrée la bouche en cœur et le compliment au bord des lèvres. Il attendait la morsure finale, l'attaque en règle – elle ne vint pas. Mieux, Lorrain proposa que ses collègues et lui l'aident à déménager les meubles dont il ne voulait plus s'encombrer et à installer le matériel d'imprimerie, celui de lithographie et ces chevalets qui semblaient indiquer que certaines plages horaires seraient consacrées aux activités artistiques. Lorrain convint que ces dernières étaient souvent négligées alors que les textes officiels en encourageaient la pratique. Mais la réalité du terrain, Florimont, c'est qu'on n'a pas le temps, non, si on veut boucler le programme ? Charles a répondu calmement qu'en fait, tout était une question d'organisation et Lorrain a failli bondir. Le plissement des lèvres de son interlocuteur et la sortie fugace de ses incisives ont permis à Florimont de se rendre compte que Lorrain restait Lorrain et qu'il fournissait des efforts immenses pour se contrôler. Il a compris la pression qu'avait exercée l'inspecteur. Lorrain, quant à lui, a dû invoquer dans ses pensées la fameuse médaille des palmes, pour garder son calme.

La seule idée qui ait eu l'aval presque inconditionnel de Lorrain, c'est l'atelier du potier. Charles Florimont entend que ses élèves s'initient à la création d'objets utiles ou décoratifs, bouteilles, verres, vases, à partir de terre glaise qui, séchée puis recouverte d'émaux, est ensuite cuite dans un four que Florimont a acheté sur ses deniers personnels. D'une part Lorrain trouve que tout ce qui peut rapprocher les enfants de la nature est positif, d'autre part il a tout de suite vu le profit que l'on pouvait en tirer en tant que directeur : ces créations seront probablement vendues à la fête de l'école à la fin de l'année et généreront un bénéfice important, dont une partie servira certes à financer les projets abracadabrantesques de Florimont, mais dont l'autre sera reversée à la coopérative, permettant ainsi d'acheter de nouveaux équipements ou des fournitures plus récentes.

Bref. La rentrée n'a pas été le cauchemar que Florimont avait anticipé et il commence à croire que son séjour au sein du groupe scolaire pourrait être bien plus agréable qu'il le craignait, d'autant qu'il croise maintenant régulièrement Michèle Goubert, avec qui il s'entretient de Philippe (sa vie, son œuvre) en tout bien tout honneur, mais en rosissant quand même. On évoque régulièrement la possibilité de s'inviter mutuellement, avec les conjoints bien sûr, mais on ne va pas jusqu'à fixer une date. On s'approche à pas de loup de ce gouffre ravissant qui s'ouvre devant soi chaque fois qu'on pense à l'autre. On en revient vite aux terres rassurantes des potins sur les collègues et des résultats du fils de Michèle, qui semble s'ouvrir avec bonheur à la pédagogie prodiguée par son instituteur.

C'est très en dessous de la vérité. Philippe Goubert est tout bonnement transporté – et transformé. Les changements qui s'opèrent en lui depuis le mois de juin dernier sont renversants. Il semble à la fois beaucoup plus ouvert et bien plus posé – pour preuve, c'est à peine si on se souvient à quel point il était maniéré, les années précédentes.

La première raison, que tout le monde ignore, c'est que, depuis septembre, l'ombre de Baptiste Lorrain ne plane plus sur la cour de l'école des garçons. Baptiste, qui a rejoint les rangs des collégiens de Jean-Racine, commence le matin une heure avant les primaires et revient souvent tard chez lui. Il a bien évidemment revu les membres de sa bande le week-end, en septembre, mais quelque chose semblait cassé. La magie n'opérait plus. Ils ne vivaient tout simplement plus dans le même monde et n'avaient que peu d'anecdotes à partager. Tout s'est dégonflé comme un ballon de baudruche. Par ailleurs, et à l'insu de Baptiste, Christian Coudrier et Philippe Goubert ont tacitement décidé de s'épauler et leurs liens se sont resserrés. Ils forment un des binômes moteurs de la classe et ont pris en charge la responsabilité de la bibliothèque des CM2.

La seconde, plus insidieuse encore, c'est qu'il prend en compte la remarque assassine de Janick Lorrain, qui le crucifie et le fait rougir chaque fois qu'il y repense (c'est-à-dire à peu près tous les jours). Il se corrige. Il s'interdit. Il se dicte une ligne de conduite. Il devient une de ces statues de Giacometti que le maître leur a montrées la semaine de la rentrée : en mouvement mais rigide, et surtout déterminé. La troisième, c'est évidemment la présence des filles au sein de la classe. Même si elles ne sont que sept (soit seulement un quart de la classe, c'est le directeur qui a précisé que le changement devait s'effectuer en douceur, on ne devait rien brusquer et surtout pas les élèves eux-mêmes, bien sûr, qui restaient son unique source de préoccupation) et demeurent encore timides, elles imposent dans la classe une certaine douceur, sauf Évelyne Lanaud qui jure comme un charretier et gagne toutes ses parties de bras de fer contre les garçons. On leur parle avec bienveillance et lenteur, comme si elles étaient légèrement retardées. On leur sourit. On les encourage. Elles, elles restent entre elles, et elles pouffent (sauf Évelyne Lanaud, donc, dont le rire gras se fait entendre dès que l'une ou l'autre de ses camarades sort une plaisanterie un peu leste). Elles gloussent, mais elles observent. Elles échangent des messes basses. Elles condamnent. Elles louent. On ferait tout pour être dans leurs petits papiers. Elles aiment bien Philippe, même si, disent-elles, il est « un peu spécial ». Et, surtout, il est déjà avec Nathalie Lespinasse, alors il n'a qu'un intérêt secondaire.

La quatrième – mais la primordiale, en fait –, c'est la présence de Charles Florimont. Philippe Goubert adhère à tout ce que propose Florimont (à part le handball, un sport qui le laisse de marbre et dont la violence l'effraie). Il a parfois l'impression d'avoir attendu un instituteur comme celui-là toute sa vie, et il a du mal à se retenir de le clamer sur tous les toits. Contrairement à ce qu'on aurait pu imaginer, il a d'emblée adoré pétrir la glaise, la rouler en colombins qu'on assemble pour créer des objets utilitaires. Il aime le contact un peu gluant de la terre mouillée et se moque d'avoir les mains et les avant-bras couverts de boue, lui qui rechignait auparavant à fouiller le sol pour dénicher les vers qui serviraient d'appâts lors des interminables parties de pêche organisées par son père.

Philippe s'est également montré très friand de peinture, au début. Dans la classe de Charles Florimont, les activités artistiques ont lieu après la récréation de l'après-midi. Hubert Lespinasse, qui occupe la salle voisine, s'en plaint à mots couverts à ses collègues – bruits de chaises déplacées, interjections, brouhaha, comme si ce n'était pas déjà assez difficile en fin de journée. Autour, on compatit, mais pas trop fort quand même puisqu'on a vite compris que Florimont avait l'oreille de l'Inspection. Un collabo, quoi.

Un jaune. On ne peut même pas l'ostraciser parce que ces messieurs les ronds-de-cuir de l'académie seraient tout de suite au courant. Alors on sourit, on est mielleux et on garde tout par-devers soi.

Florimont a tapissé les murs de sa classe de reproductions de tableaux – Dalí, Fernand Léger, Georges Mathieu, Buffet et Victor Vasarely, bien sûr, puisqu'il est en train de mettre en place une visite de la maison-musée de cet artiste encore vivant, qui a promis de répondre aux questions des enfants lors d'une courte entrevue de trente minutes. Charles espère bien y trouver matière pour rédiger une Bibliothèque de travail que ses collègues progressistes révéreront et jalouseront.

Puisque la tendance lourde est à l'abstrait, Philippe Goubert a décidé de laisser derrière lui les diktats rétrogrades du figuratif. Lors de son premier essai artistique depuis l'école maternelle, il a peint sa toile entièrement en rouge, avant d'opter plutôt pour un fond vert, puis de virer au noir tout en appliquant des aplats de blanc. Il s'est reculé de quelques mètres pour contempler l'effet produit – et a bien dû avouer qu'il restait perplexe. Appelé à la rescousse, Charles a sobrement expliqué que Rome ne s'était pas faite en un jour. Philippe a hoché la tête. Il a juré intérieurement qu'il reviendrait, qu'il reverrait et qu'il revaincrait mais il a jugé plus sage, dans un premier temps, de laisser reposer ses talents, d'autant que d'autres s'épanouissent dans cette activité, comme Magalie Sandré, qui semble née pour assembler les couleurs et qui, plus tard, veut travailler dans la décoration d'intérieur ou le textile.

Du coup, Goubert s'est jeté à corps perdu dans l'écriture – ce qui, admet-il lorsqu'il s'interviewe lui-même dans la salle de bains, répondant aux questions d'un journaliste imaginaire qui veut connaître la genèse de son œuvre, n'est qu'un juste retour à ses premières amours. Goubert écrit pour le journal des CM2. Ce journal – une vraie révolution, assure Florimont à qui veut l'entendre – est publié une fois par mois et regroupe une quinzaine de textes produits par les élèves, ainsi que des illustrations ou des jeux qu'ils ont eux-mêmes concoctés. Tous les vendredis matin, un groupe de quatre garçons accompagnés d'une fille ou deux (groupe dont la composition est renouvelée au fur et à mesure de l'année) recueille les travaux de leurs camarades et discute du bien-fondé de leur publication dans le futur journal. Ils prennent tous leur rôle très au sérieux, même Évelyne Lanaud, qui ne peut s'empêcher de lancer quelques insultes, mais s'excuse chaque fois en rougissant. Les œuvres sélectionnées sont ensuite classées puis apportées à l'équipe qui s'occupe de l'imprimerie. À eux de composer les phrases grâce aux caractères, de les assembler dans les composteurs, d'y joindre les lithogravures effectuées par le groupe lithogravure, de passer le tout sous la presse et d'agrafer les pages afin de créer un recueil, tiré à une centaine d'exemplaires vendus à la famille et aux voisins, sauf deux, que Charles Florimont garde précieusement dans une boîte prévue à cet effet et qui impressionneront les futurs visiteurs, inspecteurs, recteurs ou ministres de l'Éducation nationale.

Philippe Goubert a senti l'avantage qu'il pouvait tirer de cette activité. Il a immédiatement voulu intégrer le groupe de publication, mais s'est rétracté quand il a appris que ceux qui formaient le comité de rédaction ne pouvaient pas éditer leurs propres œuvres. « Ce serait contraire à la déontologie » s'était emporté Florimont avant de se racler la gorge, de s'excuser et de reprendre que « ce ne serait pas juste, comme on le dit souvent, on ne peut pas être juge et partie, c'est-à-dire qu'on ne peut pas à la fois participer à une activité et noter cette même activité, on est bien d'accord, non ? » Devant le silence dubitatif (au foot, dans la cour, l'arbitre jouait régulièrement avec une des équipes), Florimont a insisté : « Mais vous savez, dans les vrais magazines ou dans les maisons d'édition, c'est pareil, on n'édite pas les gens de la maison, ce serait contraire à… enfin, bref, c'est comme ça. » Florimont admet lui-même que parfois, la pédagogie Freinet qui met l'enfant au centre des décisions lui court un peu sur le haricot.

Ce que Philippe souhaite avant tout, c'est être publié. Voir son nom imprimé en bas et à droite du texte, en noir sur le fond blanc. Comme il a d'excellents résultats en français, il ne doute pas une seconde que le premier texte qu'il soumet soit accepté. Il s'agit d'un récit diablement malin et subtil du trajet dominical que ses parents et lui effectuent une fois tous les quinze jours pour rendre visite aux parents d'André, qui résident à une centaine de kilomètres, au beau milieu d'une campagne perdue. Pour rendre cette pérégrination plus pittoresque, Philippe a ajouté de nombreuses références aux événements qui ont émaillé l'histoire des villes et villages qu'ils traversent. C'est fin, c'est drôle et c'est intelligent : c'est en tout cas ainsi que Philippe vend son texte aux membres du comité lorsqu'il leur confie son chef-d'œuvre. Aussi est-il outré lorsque ce morceau de bravoure est rejeté à la presque unanimité – moins une voix parce que Christian Coudrier n'a pas eu le cœur de se joindre au vote condamnant son voisin de table. Philippe est scandalisé, il demande des explications et Charles Florimont, appelé à la rescousse, lui donne raison : un refus doit impérativement être justifié. Il y a quelques grognements. Christophe Lapôtre marmonne que c'est trop long de toute façon, on ne va pas consacrer deux pages à Goubert, ce ne serait pas juste pour les autres. Jean-Claude Disle ajoute qu'en plus c'est chiant, pardon, c'est vraiment pénible à lire avec tous ces trucs historiques auxquels on ne comprend rien. Christelle Pinto, l'unique fille du groupe, soupire que le seul point positif, c'est qu'il n'y a pas de faute d'orthographe, en tout cas, elle, elle n'en a pas repéré. Florimont opine du chef et invite Philippe à accepter la sentence du groupe qui, de toute façon, est irrévocable. Goubert fulmine pendant le reste de l'après-midi, mais prend graduellement conscience des défauts de sa production au point qu'à la fin de la journée, il a honte d'avoir eu l'audace de proposer une telle bouse. Il va même s'excuser auprès des membres du comité qui haussent les épaules et l'encouragent – la prochaine fois, ça ne peut être que mieux. Du coin de l'œil, Charles Florimont surveille Philippe Goubert. Il ne voudrait pas qu'il soit trop déçu. Il l'aime bien, ce môme, malgré tous ses défauts. Il l'apprécierait même, se persuade-t-il, s'il n'était pas le fils de Michèle. Il pense que s'il avait eu un fils, il ressemblerait sans doute à Philippe – mentalement, évidemment, parce que physiquement, Philippe est le portrait tout craché de sa mère, mêmes cheveux d'un noir de jais, mêmes yeux sombres, même nez légèrement busqué, mêmes lèvres fines. Rien à voir avec la flamboyante chevelure de Florimont dont la teinte carotte lui a valu, plus jeune, bien des quolibets. Charles est très étonné par les excuses proférées par ce gamin – il pensait qu'il rejetterait la faute sur les autres. Il est aussi épaté par sa volonté d'effacer cette première déconvenue en se remettant au travail pour pondre de nouveaux textes. La persévérance – c'est le trait qui caractérisera Philippe Goubert à l'avenir, Charles Florimont en est convaincu.

Toujours est-il que Philippe retourne au charbon. Il s'attache à gommer les aspects pompeux de ses récits. Il développe les anecdotes et apprend à entretenir le suspense. Dans le plus grand secret – puisque ce serait une entorse à la déontojenesaisquoi –, il lit ce qu'il a rédigé à Christian Coudrier qui, les premières fois, soupire et indique des corrections possibles, puis de moins en moins souvent, jusqu'au jour où il sourit et, à la fin de la lecture, assure à son camarade que, cette fois-ci, il n'y a aucun doute – le texte passera. Philippe Goubert a trouvé dans Christian Coudrier un allié de poids. Depuis l'invention de l'imprimerie chez Charles Florimont, il est enfin un autre.

2

La visite faite à Michèle

Philippe Goubert a bientôt l'occasion de montrer sa nouvelle personnalité à qui de droit, puisque, événement exceptionnel, Janick Lorrain est venue rendre visite à Michèle Goubert en ce samedi après-midi de fin novembre. Lorsqu'il pousse la porte de l'appartement et entend la douce voix de celle qui fut son adulte préférée, il a un coup au cœur – mais il a appris maintenant à se maîtriser et il passe devant le salon en murmurant un « bonjour » avant de se diriger vers sa chambre. C'est sa mère qui le rappelle. On voudrait lui parler.

Janick Lorrain s'inquiète pour Baptiste, qui ne va pas très bien. Philippe s'assied calmement sur la bergère aux motifs feuilles d'automne que ses parents viennent enfin d'acheter et qu'il trouve très laide. Il a envie de poser mille questions mais il garde le silence, fixe le mur en face de lui et s'efforce de ne pas sourire (apparemment, l'heure est grave). Janick remarque tout de suite cette nouvelle attitude. Le fils Goubert paraît moins chien fou. Plus posé. Elle se demande furtivement si ses parents ne lui administrent pas un traitement qui calmerait ses ardeurs, puis évacue l'idée d'un geste de la main, comme pour chasser un moustique. Michèle se recule de quelques centimètres. Philippe ne cille pas.

Janick Lorrain soupire. Elle n'est plus sûre de rien aujourd'hui. Elle est confrontée depuis deux mois à la morosité d'un fils qui, jusque-là, n'a posé aucun problème et qui traîne les pieds pour aller au collège. Elle a téléphoné à l'établissement, et la principale a été très sèche – elle a bien fait comprendre à son interlocutrice que c'était elle, la mère, et que c'était à elle de connaître son rejeton. Elle, elle en avait six cents sous sa garde, vous croyez que c'est facile ? La principale s'était ensuite reprise et avait promis qu'elle interrogerait en toute discrétion les professeurs et qu'elle alerterait la mère si elle le jugeait opportun. Il n'y avait eu aucune nouvelle de ce côté-là.

Janick Lorrain se racle la gorge (Philippe est brièvement ému, il trouve toujours que Janick Lorrain est la perfection féminine absolue, et que sa façon de se racler la gorge est la plus délicieuse qui soit) et entame le dialogue avec une voix mal assurée. Elle aimerait savoir si Baptiste et Philippe sont fâchés – elle a en effet remarqué qu'on ne voyait plus Philippe à la maison. Philippe reste silencieux et affiche un masque d'impassibilité qui agace sa mère. Elle le somme de répondre. Philippe avoue qu'il est perplexe. Il utilise cet adjectif-là, « perplexe », et sa mère passe de l'énervement à l'admiration et remercie intérieurement Charles Florimont des prouesses dont ses élèves sont capables après seulement quelques mois, tandis que Janick Lorrain lève discrètement un sourcil et pense à l'un de ses proverbes fétiches, « enlevez le naturel, il revient au galop ». Elle réprime un sourire – ce n'est ni le lieu, ni le moment. Philippe ne remarque pas leur réaction. Les yeux fixés sur le pan de mur entre ses deux interlocutrices, il explique qu'en fait, depuis la rentrée au collège de Baptiste, ils ne se voient plus. Il pense que c'est parce que Baptiste a beaucoup de travail et que lui, de son côté, est très pris. Janick a l'impression d'entendre parler d'un couple sur le point de divorcer. Philippe ajoute que Baptiste doit cependant souvent s'amuser avec Christian Coudrier, non ? Janick pince involontairement les lèvres et réplique que justement non, pas depuis quelque temps, et Philippe sent la chaleur rayonner dans tout son corps. Son ancien avatar sauterait probablement de joie en poussant des cris perçants, mais Philippe a depuis appris à se contrôler et il hoche simplement la tête, comme s'il ne faisait que saisir l'étendue du problème. Il indique alors avec douceur que c'est peut-être avec Christian qu'il faudrait s'entretenir, parce que Philippe et Baptiste, eux, ne jouent plus ensemble depuis plus longtemps que ça. Depuis juillet, en fait. Janick tente une dernière approche. Elle est sûre qu'il s'est passé quelque chose, cet été. Elle se rend bien compte que Philippe serre les mâchoires et cela confirme ses suspicions. Ces deux-là se sont effectivement disputés. Elle soupire. Elle se lève à demi, approche son visage de celui du garçon, et sous l'effet des effluves discrets de son parfum, Philippe ressent un tel trouble qu'il se met à rougir. À mi-voix, elle lui explique qu'elle a besoin de son aide parce que Baptiste est triste. Le mot tombe sur le tapis, au milieu du salon. Philippe semble le voir s'enfoncer dans les fils d'acrylique. « Osons le mot, assène Janick, il est totalement déprimé. » Elle précise qu'elle n'en connaît pas la cause et que cela n'a peut-être rien à voir avec Philippe ou Christian, mais ce qui est sûr, c'est que si ses deux amis lui rendaient à nouveau visite, il irait beaucoup mieux et il oublierait ses idées noires. Philippe opine du chef. Janick esquisse un sourire. Elle a joué son rôle de mère. C'est à ce moment-là que Philippe gâche le tableau – il est doué pour ça. Très calmement, il rétorque qu'il n'est pas du tout certain, au fond, que Baptiste ait envie de le voir, lui. Christian, oui, sans doute. Mais lui, non. Devant les deux mères médusées, il développe sa pensée : il est convaincu que Baptiste le méprise parce qu'il est maladroit et qu'il n'agit pas de façon naturelle, qu'il fait des, comment a-t-il dit déjà, des « manières ». Prévoyant les arguments de Janick Lorrain, Philippe précise qu'il est au courant de tout cela parce que Baptiste l'a formulé de façon très claire. Avant de quitter la pièce sans demander congé, Philippe jette un coup d'œil à sa mère qui a blêmi d'un coup et à Janick, dont la mâchoire semble prête à se décrocher.

Dans sa chambre, le cœur battant la chamade et les joues cramoisies, Philippe s'attend à être rappelé et grondé – les enfants ne sont pas censés parler ainsi aux adultes – et il a préparé sa réplique – depuis quand est-ce que les adultes sont censés parler ainsi des enfants ? – mais il n'en aura pas l'utilité. On ne le convoque pas. L'appartement reste silencieux pendant une minute ou deux – on entend la sirène d'une ambulance qui file vers l'hôpital. Philippe distingue ensuite un son qui pourrait être celui de sanglots et une voix qui pourrait être celle de sa mère, consolant Janick Lorrain. Il reste figé quelque temps puis sort dans le couloir sur la pointe des pieds et se colle au mur pour épier la conversation. Ce qu'il perçoit le déçoit – apparemment, il n'est plus question de lui. On en est revenu à Baptiste Lorrain, sa vie, son œuvre. Michèle Goubert suggère que ce n'est peut-être pas si grave : il est bien possible que Baptiste soit tombé amoureux d'une jeune fille qui l'a éconduit ou qui l'ignore – c'est fréquent au collège. Janick se récrie, mais enfin, c'est un enfant, Michèle, il n'a que douze ans ! Michèle a lu un article sur les adolescents et il paraît qu'ils sont de plus en plus précoces dans ce domaine-là. « Enfin, précoces…, ajoute-t-elle en gloussant, pas plus que leurs parents quand tu y réfléchis bien… À quel âge es-tu tombée amoureuse pour la première fois, toi ? »

Janick déteste le tour qu'a pris cette discussion. Elle était venue pour recevoir conseils et soutien, et avec un peu de chance régler le problème en deux temps trois mouvements, pas pour se pencher sur le passé comme chez un psychanalyste. Elle plisse le front et choisit de ne pas répondre. Elle n'a pas envie de confier à cette femme qui n'est même pas son amie – *mais as-tu vraiment des amies ?*, cette phrase traverse son esprit et s'en vient se ficher au beau milieu de son front – qu'avant de rencontrer Gérard, elle n'a jamais eu d'amourette. Elle ne s'imagine pas parler de ce père violent qui n'aurait pas hésité à sortir son tromblon si un garçon était venu conter fleurette à ses filles, à cette mère soumise qui ne s'autorisait comme sortie que l'église où elle passait son temps à prier pour que la chair de sa chair ne s'égare pas sur le chemin du vice. Solange, sa sœur aînée, se moquait ouvertement de ses parents. Son père lui flanquait fréquemment des roustes et sa mère l'enfermait régulièrement au grenier, mais Solange n'en avait rien à faire. Solange avait les cheveux longs, d'un blond qu'elle aimait à appeler vénitien. Avec ses yeux bleus en amande, sa bouche mutine et ses longues jambes, elle attirait le regard des garçons et elle en avait conscience. Elle connaissait son pouvoir. Pour Janick, c'était plus compliqué.

À la voir ainsi assise à côté de Michèle Goubert, avec ces adorables yeux noisette (pour l'heure quelque peu rougis) et cette coupe courte très à la mode, personne ne croirait que l'adolescence de Janick Guilherme épouse Lorrain ait pu être difficile. Or, vingt ans plus tôt, Janick, qui ne pratiquait aucune activité extérieure, exhibait un embonpoint disgracieux et des bras presque flasques. Lorsqu'elle s'asseyait ses cuisses se touchaient presque et son visage était constellé de boutons d'acné qu'aucune lotion ne parvenait à faire disparaître. Tout le village pensait que la cadette Guilherme, c'était de la graine de vieille fille. Son chemin était tout tracé : elle resterait à la ferme, reprendrait l'exploitation aidée par deux ou trois ouvriers agricoles et finirait sa vie dans la chambre de ses parents décédés, sans jamais avoir connu le loup.

C'est l'école qui a sauvé Janick. On dut reconnaître, à la fin de ses études primaires, qu'elle était laide mais pas sotte, et que ce serait un crève-cœur de ne pas lui donner sa chance et de la condamner à rester dans ce village dont elle était la risée. Elle a eu son lot d'humiliations, bien sûr, au lycée de jeunes filles. Mais, loin du regard de ses parents et de leur cuisine riche et grasse, elle se prit en main et perdit beaucoup de poids. À chaque période de vacances, elle revenait plus élancée et plus alerte – mais elle avait la sagesse de ne jamais refuser de se nourrir à la maison et de ne pas se montrer insolente comme Solange, dont l'étoile, par ailleurs, commençait à faiblir, et qui finit par épouser un de ces agriculteurs qu'elle prétendait haïr. Janick, elle, continuait son bonhomme de chemin. Elle obtint une bourse afin de poursuivre ses études en faculté, mais préféra renoncer et accepter le poste de secrétariat qu'on lui offrait. Ce qu'elle voulait, c'était être indépendante et habiter en ville, loin des culs-terreux.

Les galants avaient à peine commencé à lui faire la cour quand Gérard était apparu, au détour d'une fête scolaire où Janick était allée voir danser la fille d'une collègue et où, racontait-on, le gros lot des enveloppes surprises était un poste de télévision flambant neuf. C'est avec lui qu'elle avait sauté le pas. Aujourd'hui, elle ne se souvient même plus comment c'était avant lui, et elle déteste être là, dans le nouveau salon des Goubert, à repenser à cette jeunesse désagréable. Elle se lève brusquement – mon Dieu, elle a oublié d'étendre la lessive, elle doit absolument partir sur-le-champ –, époussette des miettes imaginaires sur ses pantalons, embrasse ce décor en se jurant de ne plus jamais y revenir, grimace un sourire rapide et prend congé. Michèle en reste décontenancée. Elle va à la cuisine et, le front posé sur la vitre fraîche, contemple la cour de l'école maternelle en contrebas.

Elle reprend le fil de ses pensées interrompues par l'arrivée impromptue de Janick. Elle était en train de réfléchir à son avenir. Depuis des années, elle promet à ses parents qu'une fois Philippe grand, elle reviendra au bercail. Elle a très vite acquis André à sa cause – André préfère ses beaux-parents à ses propres parents, dont il a secrètement honte – et ils ont acheté un terrain qui jouxte la ferme. Pendant longtemps, la seule pensée de revenir dans sa région d'origine lui provoquait des picotements de joie et éclairait sa journée. Depuis peu, pourtant, le doute s'immisce. A-t-elle jamais décidé quoi que ce soit par elle-même dans sa vie, ou n'a-t-elle fait que se plier au désir des autres, celui de son père puis celui de son mari ? N'est-elle pas plus heureuse ici, au fond, loin des Pyrénées, au milieu de ces femmes qui sont devenues petit à petit plus que des collègues, et de ces élèves qui l'adorent ? Elle a eu quarante ans il y a deux ans. Il serait temps qu'elle s'affirme enfin et cesse de se comporter comme une gamine en faute face à ceux qui cherchent à la culpabiliser. Elle est ce qu'elle est. À prendre ou à laisser. Elle redresse la tête. Les idées s'enchaînent. Les décisions aussi. Elle n'est pas assez naïve pour croire qu'elle aura l'audace de les mener à bien, mais leur simple formulation suffit à réchauffer son sang et à porter ses veines à ébullition. Une vie cinématographique. Un nouveau destin. C'est ce qui l'attend. Avec ou sans André. Avec ou sans Charles.

Charles. À l'évocation de son prénom, Michèle fronce les sourcils. Il est tellement hésitant. Tellement peu sûr de lui. L'inverse d'André. André est un homme qui parle fort, qui se vante de ses anciens résultats sportifs (judo et même boxe, dans sa jeunesse), jamais de sport collectif, le sport collectif, foot y compris, c'est pour les fillettes qui chialent au moindre bobo. C'est aussi un mari qui hurle sur son épouse et l'insulte copieusement tout en prétendant en société défendre la cause des femmes et le progressisme social. Un mâle qui se sent diminué parce qu'il habite un logement de fonction obtenu grâce au travail de sa femme, une femme plus diplômée que lui puisqu'elle a obtenu le bachot alors qu'il a quitté l'école au certificat d'études – mais regardez, un quart de siècle après, hein, ça ne vaut pas tripette, les études et tout ça, car c'est bel et bien lui qui ramène le plus d'argent dans le ménage et à qui on confie de plus en plus de responsabilités ! Un sous-fifre qui souffre d'être uni à une directrice – directrice d'école maternelle seulement certes, mais directrice quand même.

Michèle s'agace. Remet en place une mèche folle. Ce n'est pas André auquel elle voulait penser tandis que le soir descend sur le groupe scolaire, que Philippe n'est toujours pas sorti de sa chambre et que rien n'est prêt pour le dîner. (Poissons panés surgelés, ça ira très bien, Philippe adore, André déteste, c'est parfait et ça ne demande aucun talent, les plats surgelés libèrent la femme autant que la machine à laver et ce lave-vaisselle qu'on aimerait tellement pouvoir se payer mais qui, au dire d'André, fait partie du superflu, franchement qui a besoin d'un lave-vaisselle quand on a de l'huile de coude ?)

Elle a envie de s'attarder sur Charles, même si, lui aussi, au fond, l'énerve un brin. Ils se voient souvent depuis le mois de septembre. Ils se font des signes de la main lorsqu'ils sont tous les deux de service dans leurs cours respectives, et ils parlent ensemble des accomplissements de Philippe le samedi matin, seul moment où elle peut aller chercher son fils à l'école, la maternelle fermant une heure avant le primaire. Bien sûr, ce qu'elle ressent lors de ces rencontres presque programmées n'a rien à voir avec l'électricité qui lui a parcouru le corps lors de leurs retrouvailles estivales, mais tout de même, elle n'est pas dupe. Elle connaît le désir. Le sien. Celui de Charles. Le léger tremblement de leurs mains. Les teintes vives à la périphérie de leurs champs visuels. Les lèvres qui s'assèchent progressivement et réclament de l'eau, une pluie, une mousson. Elle pense à tous ces amants empêchés qui peuplent les romans qu'elle dévore ou les films qu'elle engloutit, ceux qui la font pleurer à chaudes larmes au point qu'André s'exaspère et la surnomme La Fontaine – craignant avant tout, en fait, que ce trait de caractère bien trop féminin ne déteigne sur le gamin qui est déjà bien atteint.

Michèle est lucide. Elle connaît la jalousie de son mari. Elle soupçonne celle de l'épouse de Charles. Elle est consciente de tous ces regards indifférents qui pourraient en un clin d'œil se transformer en racontars vipérins qui les transperceraient. Elle sait tout cela. N'empêche. Elle sent les tensions dans son cou. Elle serre les mâchoires. Elle a envie de hurler. On est au milieu des années soixante-dix, Charles ! On a vécu Mai 68, même si on avait déjà la trentaine bien sonnée et si on ne comprenait pas toutes les revendications des étudiants. Le monde occidental vit des transformations sociales et sexuelles qui remettent en cause l'ordre établi et toi, Charles, toi tu restes là, à sourire en rosissant, à te dandiner, à te demander si tu vas toucher la main de celle qui est en face de toi et pour laquelle tu te liquéfies. Accouche, Charles ! Je t'en prie, accouche !

Elle lui adresse des remontrances et des prières muettes, et, en même temps, elle échafaude des plans – parce qu'elle est convaincue intérieurement qu'il ne franchira pas le Rubicon et qu'il peut rester ainsi, brinquebalant et paralysé, pendant des années. « Un voyage à Paris » murmure-t-elle tandis que, dans la pièce d'à côté, Philippe met en route son électrophone. Un séjour illégitime qu'elle maquillera, comme font toutes les héroïnes infidèles, au cinéma. Elle envisage rapidement les scénarios qui excluraient André – les retrouvailles avec une amie de jeunesse dans la capitale (peu convaincant, pourquoi ne viendrait-elle pas ici, ce n'est qu'à une heure et demie de train de Paris ?), un spectacle à voir absolument (encore plus improbable, on ne va jamais au théâtre et tous les films dont on parle sont projetés dans les cinémas locaux). Non, il faudrait que cela ait un rapport avec sa profession. Cela aurait l'avantage de donner à ce déplacement un caractère obligatoire et d'éloigner définitivement André, qui fuit les instituteurs comme la peste alors même qu'il vit à leurs côtés. Voyons. La réunion annuelle de l'AGIEM, l'Association générale des instituteurs d'école maternelle, par exemple. Une sorte de grand-messe qu'aucun journaliste n'évoque jamais mais qu'un représentant du ministre de l'Éducation nationale vient ouvrir avec un discours louant les mérites de ces hussardes noires de la République qui, depuis les années vingt, font ludiquement régresser l'illettrisme et tissent des avenirs meilleurs pour les générations montantes. Cet ensemble de conférences où sont présentées les innovations pédagogiques est ouvert à toutes les maîtresses des petites, moyennes et grandes sections, mais seules les plus motivées s'y rendent. Il faut avoir envie, une fois la porte de la classe refermée, de parler encore boulot tout un week-end. Michèle sourit. C'est un alibi en or car l'école maternelle est cette année au centre de toutes les attentions. Le nouveau ministre entend promulguer une loi, à l'été, qui intégrera la scolarité des petits à l'intégralité du processus éducatif, et les couloirs des inspections bruissent de rumeurs et de nouveautés – il conviendrait maintenant d'organiser l'espace de travail en différents ateliers, et de créer une salle de motricité commune à tous, où les élèves pourraient jouer avec des cubes en mousse, des ballons ou des cerceaux (ce qu'ils font déjà dans une activité qu'on nomme gymnastique, mais dont l'appellation semble soudain bien datée et vieux jeu).

Michèle n'a aucune idée d'où et quand peut être organisée cette année la réunion de l'AGIEM, puisqu'une ville différente est choisie tous les ans. Elle doit se renseigner et prétendre s'y inscrire. À la place, elle se fondra dans la foule parisienne avec Charles Florimont. Ils auront au moins deux jours entiers pour se découvrir, au physique comme au figuré. Elle trompera son mari, oui. Elle se persuade qu'elle n'en aura même pas honte. Elle en est là quand Philippe passe timidement la tête par la porte du salon. Il veut savoir si Janick Lorrain est enfin partie. Et aussi ce qu'il y a à manger – il a faim.

TROISIÈME PARTIE

PRINTEMPS

1

Big Coudrier (is watching you)

Avril. Geneviève Coudrier a allumé la radio pour repasser. Son mari est à l'hôpital – c'est là qu'il travaille, à la pharmacie. Il consacre l'essentiel de sa journée à remplir des fioles et à en vider d'autres, en se concentrant sur le dosage exact réclamé par les médecins pour tel ou tel patient. C'est un emploi ingrat qui lui occasionne de fréquents maux de tête – notamment lorsqu'il doit se coltiner les solutions à base d'éther – ainsi que des douleurs dans les cervicales et dans le dos. En ce samedi après-midi, ses enfants ont demandé l'autorisation de se rendre à la piscine municipale, faveur qu'elle leur a accordée de bonne grâce puisqu'elle lui permettait de jouir seule de son logement de fonction. Robert et elle économisent pour s'acheter le pavillon de leurs rêves – ils demanderont à un artisan de leur confectionner une plaque sur laquelle sera inscrite « Chez Nous », qu'ils apposeront fièrement sur le crépi tout neuf – et ils devraient pouvoir déménager d'ici quatre ou cinq ans, si aucune catastrophe ne vient engloutir leurs économies. Pourtant, Geneviève sait qu'une fois bien installée dans sa douillette demeure, son appartement au premier étage de l'école des garçons lui manquera. Il n'est pas pratique – quelle idée, ce couloir interminable qui mène aux différentes pièces sans qu'elles ne communiquent jamais entre elles –, il est trop petit pour eux mais il a un avantage indiscutable : il domine. Il surplombe. De plus, la lumière est traversante car le logement donne à la fois sur la cour de l'école des garçons (et l'on peut même y voir ce qui se déroule dans la cour de la maternelle, voire, en se penchant bien, dans celle de l'école des filles) et, de l'autre côté, sur le jardin public. Une position parfaite pour qui s'intéresse à la vie des autres. Et Geneviève adore la vie des autres. Celle des célébrités, sur papier glacé, dans *Paris Match* ou *Jours de France*, mais encore plus celle de ses collègues et voisins.

Sur RTL, l'animateur belge annonce un morceau des Rubettes. Geneviève Coudrier apprécie beaucoup les Rubettes, surtout leur chanteur, avec ses beaux yeux bleus et sa coupe au bol sous sa casquette. Elle le trouve à son goût et elle sent son cœur fondre lorsque sa voix se perd dans les aigus. Parfois, lorsqu'elle n'arrive pas à dormir, elle s'imagine que, et puis non, elle se reprend, il ne faut pas exagérer tout de même, elle n'a plus l'âge. Elle a quarante ans bien sonnés. Ses grossesses ont laissé des traces sur son ventre et ses cuisses. Son penchant pour la pâtisserie industrielle aussi – elle se damnerait pour ces gâteaux croustillants au chocolat dont la forme rappelle celle des doigts de la main.

Le plus étonnant, sans doute, c'est que l'ample corps de Geneviève Coudrier se déhanche (autant que faire se peut) au rythme de la chanson du groupe britannique, dont le titre pourrait se traduire par *Sucre Bébé Amour*, un trio qui résumerait bien l'existence rêvée de Geneviève. Les plus surpris, s'ils savaient, seraient ses élèves, qui la connaissent sous un tout autre jour. Geneviève Coudrier est respectée et respectable. Elle pince les lèvres quand elle entend une réponse inadéquate, relève ses lunettes sur son nez et toise l'auteur de la bourde, qui se fige d'un coup. Lorsqu'ils entrent en file indienne, le matin (rien de pire que de les ranger deux par deux, c'est la porte ouverte aux conciliabules, autant leur intimer d'entrer l'un après l'autre, le regard à terre, la tête baissée), les élèves du CM1 sont déjà jugulés. Ils craignent surtout les premières minutes, quand Mme Coudrier va radiographier la classe et désigner d'un coup de menton sa victime, qui devra se lever promptement et trottiner jusqu'au tableau pour expier ses supposés péchés à coups de tables de multiplication ou de règles de grammaire.

Geneviève Coudrier n'a guère apprécié la mixité imposée en septembre, sous prétexte que toutes les autres écoles y étaient déjà passées. Geneviève aime à répéter en privé (et surtout donc à son mari et ses enfants puisqu'on ne connaît pas d'amis à la famille) que sur le frontispice du bâtiment qui date du dix-neuvième siècle est écrit en gros « École de Filles » et que, sculptées à côté de ces trois mots, se trouvent des silhouettes représentant des gamines qui lisent, comptent, tricotent et jouent au cerceau. « Ce bâtiment, ajoute-t-elle en élevant la voix, n'a pas vocation à être autre chose qu'une institution féminine. Les garçons ont leurs propres quartiers. » Geneviève Coudrier marmonne ensuite des paroles peu amènes à l'encontre des mai-soixante-huitards, mais les termes sont peu compréhensibles, car Geneviève est plus maligne qu'elle n'en a l'air : elle sait que certains de ses collègues, sous leurs airs proprets, ont été des révolutionnaires convaincus qui ont même installé une banderole dans le jardin public sur laquelle ils avaient écrit à la peinture rouge « École en grève » ainsi que « Pompidou, des sous ». Elle ne doute pas qu'un septennat plus tard sommeille dans leurs entrailles un fond d'agitateurs. Ils se proclament d'ailleurs tous socialistes et chantent les louanges de François Mitterrand qui, à les entendre, va enfin permettre une victoire de la gauche, même si, il y a bientôt deux ans, il a mis un genou à terre face à Valéry.

Geneviève Coudrier ne fait pas partie des contestataires. Elle n'est pas dans l'action mais dans l'observation. Constamment. D'aucuns la traiteraient de concierge – personnel dont le groupe scolaire est dépourvu depuis quelques années – mais la plupart de ses collègues ignorent ce trait de son caractère. Elle va même jusqu'à prétendre, lorsqu'elle entend circuler des ragots dont elle est parfois à l'origine, qu'elle n'a pas de temps à perdre avec les racontars, entre le boulot, les enfants, la famille, on a bien autre chose à faire que se pencher sur la vie des autres, pensez donc.

Geneviève est fort bien secondée dans les tâches ménagères par Robert, son mari. Sans qu'on ne lui demande rien, Robert débarrasse la table, vient à bout de la vaisselle, passe l'aspirateur et va jusqu'à confectionner des gâteaux de temps à autre. La seule corvée qui n'accepte aucun partage, c'est le nettoyage des carreaux. Les vitres, c'est le domaine de Geneviève. Elle passe des heures à les astiquer et à jeter négligemment des regards sur ce qui peut se passer dans le jardin public ou dans les trois cours. Ses carreaux sont les plus propres des alentours. Ses voisins pensent innocemment qu'elle est un peu maniaque.

Geneviève aime aussi que Robert travaille à l'hôpital. D'abord, elle aurait détesté vivre avec quelqu'un qui exerce le même métier qu'elle, car elle se serait sentie surveillée vingt-quatre heures sur vingt-quatre. Et puis, l'hôpital, quoi de plus utile, franchement, à part la police et l'armée ? La seule chose que Geneviève reproche à Robert, tout en sachant qu'il n'en est pas responsable, c'est son prénom – et accessoirement toute la belle-famille qui va avec, oncles, tantes, cousins, tous employés dans les bonneteries de la ville, conspuant les fonctionnaires, tous ces porcs payés à rien foutre, surtout les instits et les profs, avec leurs deux mois et demi de vacances l'été, des vrais fainéants.

Robert aime profondément Geneviève. Il pensait n'avoir aucune chance avec elle lorsqu'il l'a rencontrée. Geneviève était alors encore relativement svelte et Robert, avec son physique rondouillard, son rire de chèvre et sa voix trop fluette craignait de finir vieux garçon. Mais Geneviève a l'œil, et elle a compris instantanément, lors de ce bal populaire, les avantages qu'elle pourrait tirer de ce soupirant inoffensif, qui serait facilement cadré et qui lui lécherait la main. Car le point faible de Geneviève, c'est l'autoritarisme. Elle adore donner des ordres et sait parfaitement faire régner la terreur. Même Annie Gouvier, délinquante confirmée du haut de ses onze ans et demi, ou Jeanne Lachapelle, qui cache ses espiègleries retorses sous un visage angélique, craignent Geneviève, en qui elles reconnaissent une puissance supérieure.

C'est que Mme Coudrier a développé avec les années des techniques qui, à défaut d'être totalement orthodoxes, se révèlent d'une grande efficacité. D'abord, elle garde son calme en toutes circonstances et arbore un air placide qui glace le sang des plus endurcis. Ensuite, Geneviève a appris, en grandissant au sein d'une famille nombreuse à laquelle elle est heureuse d'avoir échappé, que chacun cultive son jardin secret honteux et que celui qui détient les informations confidentielles se transforme rapidement en maître du monde, s'il ou elle manœuvre avec suffisamment de tact et d'habileté. Elle n'a presque jamais eu besoin de recourir au chantage. Il lui suffit de faire comprendre à sa victime qu'elle est au courant de ses manigances ou de ses lubies, mais qu'elle se taira tant que l'autre fera acte de vassalité et se pliera à ses menues exigences. Geneviève aime à dire à ses collègues qu'au fond, gérer une classe n'est guère compliqué lorsqu'on a eu à creuser son trou dans une fratrie. Il convient seulement de jouer sur les bons ressorts, d'appliquer une discipline de fer et de bien s'entourer. Avoir des lieutenants fidèles, c'est la tâche à laquelle Geneviève s'attache chaque début d'année. Des élèves triés sur le volet, chargés d'espionner et de rapporter les faits et gestes de leurs camarades. Rien de tel pour avoir la paix. L'inspectrice a été impressionnée (ainsi que, avouons-le, vaguement mal à l'aise) lorsqu'elle est entrée il y a deux ans dans cette étrange classe où les enfants semblent à la fois décérébrés et morts de trouille. Elle en a d'ailleurs été perturbée au point d'en toucher deux mots à son supérieur hiérarchique qui s'est contenté de hausser les épaules en indiquant que, du moment qu'il n'y avait pas de plainte des parents, il valait mieux ça que le contraire. Quand l'inspectrice a demandé ce qu'il signifiait par « le contraire », le grand chef a lâché en postillonnant : « La débâcle, l'anarchie. » L'inspectrice a esquissé une grimace – on en était donc encore là, dans les années soixante-dix.

Geneviève Coudrier aime aussi raconter qu'en d'autres temps et d'autres lieux, elle aurait aimé être romancière, ce qui surprend souvent ses interlocuteurs puisqu'on ne la voit jamais lire quoi que ce soit. Quand on lui demande le type d'histoires qu'elle raconterait, elle sourit en expliquant qu'elle se pencherait avant tout sur la vie quotidienne des uns et des autres, comment on tient le coup, comment on traverse les épreuves. Geneviève taquine d'ailleurs la plume et la muse dans le plus grand secret. Elle note absolument toutes les observations qu'elle a effectuées au cours de la journée dans un grand carnet en moleskine qu'elle garde caché sur la dernière étagère de l'armoire de sa chambre. Tous les ans, elle remonte en catimini le volume complété au grenier et le dissimule dans un carton prévu à cet effet sur lequel est inscrit « livres, Geneviève » – rien de mieux pour éloigner les importuns. Elle consigne sur les pages qu'elle noircit toutes les turpitudes des habitants du groupe scolaire et des rues avoisinantes, mais elle porte une attention soutenue à la véracité de ces ragots et s'efforce de séparer le bon grain de l'ivraie, la simple rumeur du fait attesté. Elle s'adonne à cette activité (qu'elle trouve très gratifiante) quand le reste de la maisonnée dort et, lorsqu'il lui arrive d'être prise la main dans le sac par un enfant réveillé d'un cauchemar ou par un Robert insomniaque (ce qui n'est arrivé que deux fois car Robert dort du sommeil des justes), elle prétend s'être relevée pour noter simplement quelques idées pour l'école – tout le monde dans la famille sait à quel point Geneviève est investie dans son métier.

Au printemps dernier, Geneviève faisait grise mine. La fin de l'année scolaire avait été très décevante. Les épouses évaporées s'étaient assagies, les jeunes filles semblaient bien calmes (ou bien sur leurs gardes), l'excentrique Jacques-Antoine Dupont avait passé l'arme à gauche et ne restaient que les frasques sentimentales de cette divorcée de Nicole Desplanques, mais bon, sa réputation n'était plus à faire, même Janick Lorrain – dont la naïveté était sans borne – était au courant de ses incartades, alors Geneviève se désintéressait. Elle relisait parfois les pages des années précédentes avec nostalgie – quelle belle époque, la mère Toussaint qui piquait dans la coopérative scolaire pour s'acheter des bijoux et des parfums, le fils Lacaille qui montrait des penchants contre nature, au point que ses parents avaient été obligés de déménager. Elle soupirait souvent et se demandait si les affaires allaient reprendre ou si tout allait rester ainsi désormais, triste et plat.

Bref, Geneviève s'était ennuyée. Comme tous les ans, elle avait guetté le nom de ceux qui arriveraient en septembre, espérant trouver de quoi se mettre sous la dent, mais elle avait été franchement déçue. Deux postes seulement se libéraient. Celui de Mme Bertin, à la maternelle, qui suivait son mari en Charente-Maritime, remplacée pour un an par une jeune femme du nom de Bettina Calvert, célibataire et effrontée, certes, mais les femmes sans engagement n'étaient guère intéressantes, à moins qu'elles ne s'entichent d'un homme marié et jusque-là fidèle. Le second, c'était le départ en retraite – enfin ! – de cet éteignoir de Jolivard. Le nouveau n'était pas un inconnu, bien sûr – on n'atterrissait pas à Denis-Diderot par hasard, il fallait faire partie de la crème de la crème, être au courant des nouvelles tendances éducatives, pouvoir en entretenir les stagiaires avides de connaissance, à moins que, comme Geneviève Coudrier, on insiste année après année pour obtenir ce poste, jusqu'à ce que l'institution cède. Il s'agissait donc du dénommé Charles Florimont, dont Geneviève avait déjà entendu parler lors de réunions de bassin, dans ces assemblées qui bruissent de l'écho des promotions, des léchages de bottes et des coucheries. Charles Florimont, donc. Freinétiste en diable. Novateur. Poussant les élèves à débattre et à décider eux-mêmes des louanges ou des blâmes à attribuer aux uns et aux autres. Cela allait faire des étincelles avec Gérard Lorrain et Geneviève s'en réjouissait – non qu'elle soit amatrice de joutes pédagogiques, mais elle savait bien que ses collègues masculins, lorsqu'ils s'emportaient, commençaient par parler de gestion de classe puis dérivaient très rapidement sur des remarques plus privées, voire des sous-entendus carrément sexuels et c'était toujours amusant, d'autant que Lorrain en colère ne manquait pas d'attrait. Elle s'était donc renseignée plus avant sur Florimont et s'était même retrouvée sur son chemin sans qu'il en sache rien. Très honnêtement, elle avait été désappointée. Uni à une épouse sans histoires même si vaguement neurasthénique, une fille majeure depuis peu, animé d'une foi pédagogique sans égale, n'hésitant pas à sacrifier sa vie de famille à la poursuite du bonheur des élèves, ayant voué sa vie à l'Éducation nationale – un hussard laïque de la pire espèce. Et alors physiquement, quelle catastrophe ! Une sorte de grand échalas avec des épaules rentrées et un buste concave, des cheveux tirant sur le roux, un grand nez – on se demandait ce que son épouse pouvait lui trouver. Geneviève Coudrier avait été consternée – l'année risquait d'être bien morne.

Il n'en était rien, bien sûr. Elle était aux avant-postes lorsque Charles Florimont était venu rencontrer Gérard Lorrain au mois de juin. Les fenêtres grandes ouvertes, elle appelait Christian qui devait venir l'aider à plier le linge et qui avait encore disparu, probablement happé par ce terrain vague où il passait le plus clair de son temps avec le fils Lorrain. Elle avait un instant oublié sa tâche lorsqu'elle avait entendu les éclats de voix venant du bureau de Gérard Lorrain. Elle s'était arrêtée une minute avant de reprendre sa complainte – « Christian, Christian. » C'est alors qu'elle avait aperçu le fameux Charles Florimont, qu'elle avait croisé quelques jours auparavant dans le jardin public. Elle l'avait vu se figer sur place lorsqu'une silhouette était sortie de l'ombre du porche d'entrée – Michèle Goubert. Geneviève s'était reculée et dissimulée derrière les rideaux. Elle avait abandonné la quête de son fils pour en poursuivre une nouvelle, bien plus palpitante.

Geneviève s'est depuis repassé des dizaines de fois le film dans sa tête et en a décortiqué toutes les prises. Elles n'ont fait que confirmer sa première impression : ces deux-là se connaissaient, ces deux-là éprouvaient du désir l'un pour l'autre, ces deux-là n'avaient pas encore consommé – ces deux-là s'en consumaient. Elle avait distinctement saisi le « oh » prononcé par Charles Florimont et il contenait tout ce que l'existence peut révéler de surprises, de magie et de drame. Geneviève ne s'était pas sentie aussi en forme depuis des semaines.

Ensuite, elle n'avait eu besoin que de dévider la quenouille. Par des questions anodines posées à des tiers lors de rencontres fortuites ou non au supermarché du coin, elle avait appris que Charles et Michèle s'étaient rencontrés lors d'un stage, quelques années auparavant et que même, racontait-on en riant, il lui avait fait le coup de la panne. Geneviève avait même douté un moment de la paternité de Philippe Goubert – ce qui expliquerait pourquoi il ressemble si peu à son père qui a un caractère en acier trempé comme Geneviève les apprécie – mais non, décidément, les dates ne collaient pas.

Geneviève a acheté un nouveau carnet pour l'occasion. Elle en noircit abondamment les pages désormais, ajoutant à ses observations quelques fines remarques de psychologie, notant scrupuleusement tout ce dont elle se souvient ou tout ce qu'elle vient à apprendre sur les familles respectives des deux tourtereaux, ajoutant les horaires auxquels ils se croisent et les tenues qu'ils portent. Elle a même poussé jusqu'à analyser les sentiments de ses deux héros et à rédiger un embryon de roman rose. Geneviève se délecte des développements possibles. Son scénario favori inclut un mari aussi trompé que violent qui se transforme en bête sauvage et découpe par le menu l'épouse adultère et son avorton d'amant. Dans les moments de rêverie solitaire, lorsqu'elle se laisse aller à prendre un bain, Geneviève Coudrier imagine les caméras de télévision de la Une assiégeant le groupe scolaire et elle, Geneviève, le visage ravagé, témoignant de la barbarie de ce drame passionnel. Elle deviendrait célèbre. Son nom apparaîtrait sur l'écran. Son savon Camay à la main, elle en soupire d'aise.

Elle est la seule à savoir qu'ils se sont déjà retrouvés, tous les deux. Une unique fois à sa connaissance, mais elle ne peut pas être partout tout le temps et il n'est pas exclu que d'autres rendez-vous aient été organisés ailleurs. Elle était en train d'aérer ses draps quand elle avait vu Michèle Goubert sortir de l'école maternelle et jeter des regards inquiets aux alentours. Geneviève s'était alors dissimulée derrière ses rideaux de tulle. Elle avait espionné Michèle qui se dirigeait vers… mais où se dirigeait-elle, il n'y avait rien par là ! Un simple coup d'œil au moment adéquat (Geneviève avait développé une sorte de troisième sens pour repérer l'instant crucial) et Geneviève avait compris que Michèle se hâtait vers le terrain vague. Geneviève lui reconnut alors du génie – c'était imparable : si elle croisait quelqu'un, elle dirait qu'elle était à la recherche de son Philippe. Elle les avait suivis, en prenant les précautions d'usage.

Au fond d'elle-même, elle doit reconnaître qu'elle s'était attendue à des seins à l'air, des dos dénudés et des ahanements bien peu romantiques et que, donc, elle avait été un peu désappointée. Florimont et elle s'étaient promenés à distance respectueuse l'un de l'autre, avaient découvert la cabane confectionnée par les gamins l'été dernier – et Geneviève avait levé les yeux au ciel en entendant la surprise dans le ton de Michèle, comment pouvait-elle ne pas être au courant de ce que son fils et les autres avaient bâti ? Ils n'avaient pourtant pas été très discrets, à croire qu'elle ne s'intéressait vraiment qu'à sa pomme, la Michèle, comme la Janick ! Elle avait réussi à s'approcher à pas de loup et les avait vus s'enlacer (quand même), face à la voie ferrée, mais cachés du reste du monde. Ils avaient poussé jusqu'à un chaste baiser. Geneviève s'en léchait les babines. Or, juste après, ils s'étaient lancés dans une interminable discussion où il était question de l'Association des institutrices des écoles maternelles et de la pédagogie Freinet – à croire que leur métier virait à l'obsession. Florimont gardait la tête baissée et répétait que ce ne serait pas possible, non, non pas possible. Michèle avait répondu : « Très bien, alors ce n'est pas la peine d'aller plus loin ! » et Florimont avait soudain paniqué.

C'est à ce moment-là que Geneviève a compris ce qui se tramait. Un week-end en amoureux, loin des commérages. Une escapade à la capitale – Michèle avait répété « Paris » plusieurs fois – sous de fallacieux prétextes. Geneviève faillit laisser échapper un cri. Enfin du consistant. Enfin de l'action. Enfin des pages de cahier à remplir. Peut-être même des photos – il lui fallait impérativement vérifier que l'Instamatic que Christian avait reçu à Noël il y a deux ans et qu'il n'avait jamais utilisé marchait encore. Sans compter que les semaines suivantes risquaient d'être fort occupées – Geneviève allait devoir deviner la date retenue pour la luxure ainsi que le programme prévu. Bien sûr, elle cesserait alors d'être une simple spectatrice. Elle trouverait elle aussi une raison imparable pour se rendre dans la capitale – la maladie d'une de ses tantes qui l'appellerait à son chevet avant de recouvrer miraculeusement la santé, par exemple, personne n'irait vérifier. Et elle interviendrait. Parfaitement. Parce que là, stop, hein. Passe encore qu'on se morfonde devant un amour inassouvi en se rendant compte qu'on a raté sa vie, mais qu'on fasse en sorte de rattraper le temps perdu, et puis quoi encore ? On est sur cette terre pour souffrir. On est responsable de ses choix. On les assume. Sinon, c'est la chienlit. Toutes ces femmes qui plaçaient leur recherche du plaisir avant leur moralité, c'en était trop. Quelqu'un devait leur rappeler leur rôle et leur devoir, et le destin l'avait choisie elle, Geneviève Coudrier, comme fer de lance de ce nouvel ordre moral. Alors qu'ils s'embrasseraient à pleine bouche et en plein Paris, elle se posterait à côté d'eux et se raclerait la gorge. Elle pouvait déjà anticiper le frisson de bonheur qui la parcourrait lorsqu'elle verrait la tête des deux amants confondus.

Non mais.

C'est pour ça qu'elle repasse aujourd'hui, Geneviève Coudrier. Parce que la brise d'avril fait onduler son rideau de tulle et que de son perchoir elle domine le jardin public – elle est à même d'entendre des bribes de conversations et de surprendre des rencontres prétendument fortuites. Elle guette la date. Elle est prête à ferrer.

Ce dont elle ne se doute pas, c'est que la petite souris grise – enfin noire, Reine Esposito ne s'habille jamais qu'en noir – qui vient de tourner au coin de la rue Denis-Diderot pour s'en retourner chez elle, un petit appartement dans une petite maison au fond d'une petite impasse, cet insignifiant bout de femme qui trottine le long du trottoir, donc, va fortuitement tout remettre en cause et projeter l'existence des locataires du groupe scolaire au cœur d'une étonnante tragi-comédie.

2

L'échappée sauvage
(Début mai)

Baptiste Lorrain entend d'abord un cri continu qui semble monter du jardin public, une sorte d'alarme en chair et en os, de grenade humaine dégoupillée. Il est en train de réviser pour son interrogation d'histoire-géographie portant sur les dieux romains et les dieux grecs, il les confond, il déteste l'Antiquité, il hait la prof, Mme Compault, avec son nez pointu, sa voix haut perchée, sa taille de naine, elle est insupportable, mais tout est insupportable dans ce collège, les élèves, les enseignants, la cantine, l'organisation, tout. Ce qu'il y a surtout de pénible, c'est que certains semblent s'y épanouir et s'y meuvent avec aisance et facilité, alors qu'ils rasaient les murs de l'école primaire. Le frère de Nathalie Lespinasse, par exemple. Baptiste Lorrain n'aurait jamais imaginé, à le voir lors des réveillons et aux quelques repas où ils étaient tous les deux conviés, qu'il dégageait une telle autorité dans la cour du collège. Julien Lespinasse avait d'ailleurs proposé, les premiers jours, de prendre Baptiste

Lorrain sous son aile, mais Lorrain avait refusé, il se débrouillerait tout seul, il était indépendant et il n'aurait aucun mal à se faire des amis. Julien Lespinasse avait haussé les épaules, murmuré un truc en anglais qui signifiait « à ta guise » et repris ses activités.

Baptiste Lorrain s'en mord les doigts, maintenant, mais il est trop fier pour s'abaisser à demander l'aide de Julien. À l'extérieur, c'est le père Lorrain qui est le supérieur hiérarchique du père Lespinasse, alors impossible d'inverser les rôles sans ressentir une humiliation profonde. Pourtant, il aurait bien besoin de protection. Il entre dans l'enceinte de l'établissement le cœur battant et les mains moites, espérant surtout ne pas attirer l'attention d'une de ces bandes qui règnent là et à propos desquelles les pires rumeurs courent : ils auraient obligé un nouveau venu à se déshabiller entièrement dans les WC et auraient chipé ses fringues, ils en auraient forcé un autre à se coller à la grosse Jeanne Poulet et à lui tripoter les seins tandis qu'elle s'affairait sur les parties intimes de sa victime. On racontait même qu'ils avaient traîné un Cinquième jusque sur le toit du collège et l'avaient attaché par ses lacets à une fenêtre ouverte, la tête dans le vide. Baptiste Lorrain se dit qu'il n'aurait pas eu peur de ce supplice-là. Il l'aurait affronté stoïquement et aurait certainement gagné l'estime de ses agresseurs. En revanche, face à Jeanne Poulet, il n'en aurait pas mené large. Il se demande même s'il ne se serait pas évanoui – enterrant du même coup toute possibilité de sortir de l'épreuve la tête haute.

La grande nouveauté, la grande inconnue et la grande illusion, cette année, ce sont les filles. Baptiste Lorrain a beau savoir qu'au primaire aussi la mixité est maintenant obligatoire, il n'en revient pas de voir autant de silhouettes féminines, partout. Elles rient dans les couloirs, s'interpellent dans la cour, s'agglomèrent en bandes et n'hésitent pas à aller provoquer le bizuth solitaire. Elles vocifèrent, aussi, maniant les insultes aussi bien que leurs camarades masculins, alors qu'on les attendait discrètes et timides, rougissant dans leurs robes démodées. En plus, elles obtiennent souvent les meilleurs résultats, même en mathématiques, matière qui a toujours eu la prédilection de Baptiste. Du coup, ce dernier est perdu et ne sait plus où donner de la tête, entre Cécile Bourgeot qui caracole en tête de la classe de sixième C, Véronique Leblond qui lui dame le pion en sciences naturelles et qui, forte de sa sélection nationale au sein de l'ASSU, se moque de ses piètres performances en course à pied. Sans compter Valérie Gentet qui s'amuse à le fixer pendant les heures de français. Baptiste avance dans un monde flottant où les frontières se redéfinissent chaque jour et où aucun succès n'est définitif. Il est épuisé. Il a l'impression que son existence n'est qu'un marécage dans lequel il s'enfonce petit à petit, un de ces fameux lits de sables mouvants qui peuplent les aventures de Rahan et de Docteur Justice dans ces magazines qu'il ne lit plus, parce que admettre les parcourir, c'est reconnaître qu'on n'a pas encore quitté l'enfance, et l'enfance, au collège, elle est au placard.

Sa mère, inquiète comme jamais, l'a amené chez le médecin hier et celui-ci a lentement hoché la tête en écoutant la litanie maternelle, avant de l'interrompre d'un geste sec. « Il ne nous ferait pas une petite mononucléose, le grand ? » Janick Lorrain lui aurait baisé les pieds de reconnaissance. Enfin une explication plausible. Enfin un espoir. Enfin le ciel bleu au bout du tunnel. Une mononucléose, bien sûr – tout prend sens. Pour un peu, elle se serait mise à danser dans le cabinet médical. Elle n'a rien à voir avec tout ça. C'est un virus, un point c'est tout. Néanmoins, le médecin est resté professionnel, donc circonspect : on va faire les analyses qui s'imposent, une prise de sang, une sorte de *check-up* général. Le Dr Caumont aime bien glisser des termes anglo-saxons dans son discours. Il pense que leur sonorité va affermir son autorité et le rendre tout à coup moderne, américain et désirable, ce qui permettrait d'oublier la peinture écaillée de la salle d'attente. On en tirera les conclusions adéquates dans un peu moins d'une semaine. En attendant, repos, c'était tout ce qui importait – et pas de visite, hein, parce que si c'est la mononucléose, alors c'est très contagieux, d'ailleurs vous savez qu'on l'appelle « la maladie du baiser » parce que c'est à l'adolescence qu'elle frappe le plus souvent et qu'elle contamine par simple échange de salive, alors, Baptiste, il faudra que tu préviennes l'heureuse élue que c'est à cause d'elle que tu gardes la chambre, c'est un peu ta première maladie vénérienne, ah ah ah, oh, si on ne peut plus rire un peu, hein, où va-t-on ?

C'est pour ça que cet après-midi-là, alors qu'il devrait être au collège, en mathématiques, cette matière qui refuse de le couronner, Baptiste Lorrain vaque à ses occupations dans le logement désert – son père, avec son statut de directeur, ne rentre jamais avant dix-huit heures, et sa mère plus d'une heure après, parce que dans le privé, ce n'est pas comme dans le public, on n'est pas des fainéants.

Baptiste Lorrain est perplexe. Alors que, quelques mois auparavant, il aurait conçu ces journées de liberté comme une aubaine incroyable pour finir ses maquettes de Spitfire, lancer son train électrique bâti sur une plaque qui condamne la pièce qui aurait dû être la chambre d'amis, voire feuilleter des illustrés en croquant dans une sucette au goût citron (ses préférées, les plus naturelles, pense-t-il), il se trouve aujourd'hui bien désœuvré ; et il a beau tenter de se convaincre qu'il s'agit sans doute d'une des conséquences de la mononucléose, il n'y croit qu'à moitié. Il se trouve dans cet entre-deux désagréable où le squelette semble trop petit et pas suffisamment développé, où la peau semble se transformer en bouquet de boutons blanchâtres peu ragoûtants et où les désirs voguent au gré des envies – c'est-à-dire, pour l'instant, chez Baptiste Lorrain, dans le marasme d'un calme plat de la mer des Sargasses.

Au collège, il a découvert qu'à l'instar de Nathalie Lespinasse et de Philippe Goubert, beaucoup de ses congénères s'intéressent aux vedettes de la variété (française, mais surtout internationale désormais puisqu'on étudie la langue qui, bien avant d'être celle de Shakespeare, est celle des Beatles et, mieux encore, parce que plus récents et amenés à durer probablement davantage que les quatre de Liverpool, des Rubettes) et à celles du cinéma, que Mme Compault n'appelle jamais autrement que le septième art. Les garçons passent aussi beaucoup de temps à parler de mobylettes. À la limite, c'est la conversation dans laquelle Baptiste se sent le moins dépaysé, lui qui s'y entend en bricolage et en mécanique – même si ses connaissances s'arrêtent aux moteurs de véhicules téléguidés.

Il a vite compris qu'il devait rattraper son retard culturel et social s'il voulait intégrer les groupes qui se formaient. Il a donc assidûment écouté la radio sous ses couvertures, le soir, noté quelques noms de groupe et de chansons, et volé incognito quelques magazines dans la salle d'attente du dentiste. Il a aussi regardé avec davantage d'attention les films du mardi et du dimanche soir à la télévision, au grand dam de ses parents qui avaient préféré tout de même consacrer ces soirées à des activités plus enrichissantes telles que la lecture de guides de montagne, pour monsieur, et d'ouvrages de mode pour madame. De toute façon, il ne connaît jamais que la première heure desdits longs métrages puisque, à vingt et une heures trente, hop, c'est le couvre-feu. Baptiste découvre aussi en sixième que tout le monde ne suit pas les mêmes règles que les Lorrain en ce qui concerne la vie quotidienne, et qu'il semble même être une exception. Dans les autres familles, il y a des disputes fréquentes. Dans les autres familles, les fratries se déchirent. Dans les autres familles, les parents sont excédés par le bruit des voisins ou de leur propre progéniture. Dans les autres familles, la télévision est l'objet de toutes les convoitises. Dans les autres familles, le désordre prévaut.

Sauf, bien sûr, dans la caste à part – celle des riches. Celle-là, Baptiste ne la croise guère, dans son collège public, mais il y a un établissement privé dans la rue d'à côté et, tous les matins, en arrivant à pied, il se fait bousculer par les duffle-coats venus en voiture et par les jupes plissées qui naviguent en clans serrés. Elles sentent le propre, le net, le bleu et le gris, elles rient avec retenue, une main sur la bouche. Elles ne lui adressent pas un regard.

C'est à ces essaims de nattes et de boucles qu'il pense d'abord quand il entend ce cri continu – féminin certes, mais avant tout bestial – qui provient du jardin public et le pousse à abandonner ses révisions d'histoire-géographie (parce que si jamais ce n'est pas la mononucléose, alors il faudra bien y retourner, dans l'enfer du collège). Inexplicablement, il rapproche ce hurlement de sa frustration de ne pas exister pour les filles de Saint-Pierre. Il est lui-même très surpris de cette mise en relation inattendue. Lorsqu'il ouvre la fenêtre pour voir de quoi il retourne, il a juste le temps de comprendre que le hurlement ambulant vient de s'engouffrer dans le bâtiment et monte en toute hâte les étages. Baptiste, au mépris du danger, se précipite vers la porte d'entrée et l'ouvre en grand au moment même où, sur le palier, une quadragénaire nue et en furie se poste devant l'appartement. Elle cesse instantanément de brailler et roule des yeux fous tandis que Baptiste, du haut de ses douze ans, prend de plein fouet l'anatomie féminine. Les poils, notamment, qu'il n'avait jamais imaginés aussi fournis, bien qu'un de ses camarades, revenant par erreur du vestiaire des filles, lui ait assuré que si, en quatrième déjà, ça commençait.

Face à lui, Reina Esposito née Ibanez, originaire de Jaca, tout au nord de l'Espagne, et ayant quitté son pays natal avec ses parents républicains à l'arrivée au pouvoir de Franco. Reina a longtemps vécu dans une cité aux abords de Bordeaux tandis que sa mère s'échinait à nettoyer les appartements de cette classe moyenne montée en graine qui se prenait pour la haute bourgeoisie et que son père se cassait le dos à construire de nouvelles cages à poules où d'autres émigrants viendraient s'entasser. Elle était tombée amoureuse d'un Juan alors même que sa mère rêvait d'un Français de souche et que ledit Juan envisageait de revenir un jour au pays, c'est-à-dire dans un village à côté de Cadiz. Elle s'était néanmoins mariée en bonne et due forme, avait mis au monde avec difficulté un enfant appelé Louis parce qu'au départ c'était Luis, en hommage à Mariano, mais que maintenant on était français, on mangeait des frites, on achetait des baguettes de pain, alors on portait des prénoms français. Elle-même se faisait désormais appeler Reine, mais Juan, lui, refusait de modifier quoi que ce soit : « On me prend comme je viens, un point c'est tout. » L'été dernier, Reine avait accepté que le petit Louis, qui grandissait, aille jouer avec ses amis près de l'usine désaffectée. Elle ignorait que les garçons s'amusaient à plonger depuis le pont qui surmontait le bras de Seine et se moquaient des remous un peu plus en aval, ces mêmes remous qui interdisaient formellement la baignade ainsi qu'il était écrit sur la plaque rouillée dont les garçons adoraient se moquer, jusqu'à cet après-midi estival où Louis, treize ans, ne remonta pas. Drame connu de tout le groupe scolaire, bien sûr, puisque Reine Esposito officiait comme dame de service à l'école maternelle depuis maintenant huit ans. Drame qui avait causé bien des conciliabules et des atermoiements ainsi qu'un enterrement sous le soleil où le bouquet des maîtresses et des maîtres prenait toute la place sur la tombe. Drame qui ravagea le père et encore plus la mère, à la santé déjà fragile, et qui creusa des tunnels de plus en plus profonds, sapant les liens logiques et les explications sommaires, jusqu'à cet après-midi d'avril, où, suite à une remarque de Michèle Goubert reprochant à Reine Esposito de disputer trop sèchement un bambin qui venait de renverser de la peinture, tous les plombs mentaux explosèrent en même temps pour aboutir à un feu d'artifice aussi déroutant qu'inattendu.

S'ensuivit un son de gorge qui fit se retourner tous les élèves de la classe de Michèle Goubert. Stupéfaits, ils virent Reine Esposito littéralement changer de couleur, son visage devenant d'une pâleur surnaturelle, tandis que le grondement venu du tréfonds de ses entrailles montait en puissance et déroulait ses notes menaçantes vers les aigus, un peu comme, nota le petit Gilles Seurat, la cocotte-minute de maman quand les poireaux sont cuits. Michèle Goubert voulut s'avancer vers sa dame de service mais, lorsqu'elle lui toucha le bras gauche, celle-ci l'envoya valser sans ménagement, un peu comme, ajouta la petite Valérie Jasmin stoïque au milieu des pleurs de ses camarades, papa dégage maman de son chemin quand il a trop bu. Les yeux exorbités, Reine Esposito détacha la queue-de-cheval que tout le monde lui connaissait depuis son arrivée à l'école – ainsi que ces robes noires interchangeables dont elle semblait avoir un placard entier –, se passa la main dans les cheveux jusqu'à ce qu'ils soient totalement dépeignés, sans cesser une seconde d'émettre ce bruit surnaturel qui clouait les spectateurs sur place. Puis, alors que dans la salle attenante Madeleine Réjambier était sur le point de sortir pour comprendre ce qui se tramait chez la Goubert, Reine Esposito s'avança dans le couloir en faisant des moulinets avec les bras et, pour la première fois, interrompit sa mélopée pour hurler « Lorrain, je t'aime, Lorrain je te veux, Lorrain, prends-moi tout entière », termes (et vision subséquente) qui figèrent Madeleine Réjambier tandis que Michèle Goubert se précipitait pour fermer à double tour la porte de sa classe, et tirait les rideaux pour que ses élèves soient protégés de ce spectacle atterrant. Elle n'avait qu'une envie : se rendre dans son bureau de directrice pour téléphoner à la police et à l'hôpital, puisqu'il s'agissait certainement d'une crise de démence, mais la pièce en question se situait au milieu du bâtiment, et elle ne pourrait l'atteindre que lorsque Reine Esposito aurait déguerpi ou se serait évanouie. À moins, bien sûr, qu'elle ne mette le feu à l'école ou ne s'immole au milieu de la salle commune. C'est à ce moment-là seulement que Michèle Goubert perçut la gravité de la situation et ses conséquences possibles – mais elle eut vite d'autres chats à fouetter étant donné que Rodolphe Santorin expulsa tout son déjeuner, que Victorine Fallet et Lydie Bassin ne purent s'empêcher de souiller leurs dessous et que la classe se transforma en un instant en théâtre des horreurs au sein duquel se mêlèrent pleurs, morves et urines, qu'il fallut se coltiner sans aucune aide extérieure, puisque l'auxiliaire de Michèle Goubert, qui avait repris son activité de cocotte-minute, tournait maintenant sur elle-même sous le regard effaré de Madeleine Réjambier et de ses ouailles, qui n'allaient pas non plus tarder à extérioriser leur frayeur.

Michèle Goubert prit son courage et ses responsabilités à deux mains : elle ferait face à la folle quitte à lui coller une droite, il n'y avait pas d'autre solution. Au moment où elle déverrouilla la porte, Reine Esposito lui jeta un œil épouvanté et se mit à courir en direction de la sortie, tout en enlevant un à un ses habits, dans un strip-tease hystérique qui paralysa l'école maternelle tout entière.

Ne pouvant s'échapper par l'entrée principale, traditionnellement fermée à clé afin que les bambins abandonnés par leurs parents le matin soient dans l'incapacité de prendre la poudre d'escampette, Reine Esposito se mit à hululer de plus belle avant de se souvenir de l'issue de secours, donnant sur un minuscule jardin (jardin dans lequel Michèle Goubert s'enorgueillit de faire pousser des iris et des glaïeuls, ainsi que de toutes petites tomates dont elle se réserve la primeur), puis sur un bout de cour et, de là, en passant sous le porche, le reste du monde. Mais le reste du monde n'intéressait pas Reine Esposito, maintenant qu'un but se dessinait dans son esprit dérangé. C'est pourquoi elle passa en trombe sous les fenêtres de l'école des filles, toujours nue comme un ver et lançant ce cri strident à peine modulé parfois par des trémolos involontaires – cri strident qui ne fut pas sans rappeler à Nicole Desplanques la voix flûtée du chanteur de son groupe préféré. Elle s'engouffra dans le bâtiment réservé aux logements de fonction de l'école des garçons. Son corps réclamait l'urgence impérieuse de voir Gérard Lorrain, de le toucher pour qu'enfin il la comble. Reine Esposito n'était pas sans savoir que le mardi – puisque nous étions un mardi – Gérard Lorrain était déchargé de classe, afin de pouvoir mener à bien sa tâche de directeur d'établissement, remplir les formulaires, recevoir les parents et donner les coups de fil importants que sa fonction réclamait. Néanmoins, l'ayant vu sortir en début d'après-midi de l'école et se diriger d'un pas altier et déterminé vers son appartement, Reine Esposito était persuadée qu'il y était encore, plongé dans des affaires de la plus haute importance, qui pouvaient se régler tout aussi bien de chez lui que de son bureau officiel. Ce que Reine Esposito ignorait, c'est que Gérard Lorrain était juste passé voir comment se portait ce fils dont il ne comprenait plus les réactions depuis peu, et, une fois rassuré sur son état physique, il avait pris son véhicule pour se rendre à une réunion au sommet avec les grands pontes de l'agglomération réunis sous l'égide de l'inspecteur. Ainsi, pendant que Gérard Lorrain hochait doctement la tête, plissant les yeux pour mieux marquer l'intérêt qu'il portait aux remarques effectuées par son supérieur hiérarchique, Reine Esposito se précipitait dans la montée d'escalier où elle ne doutait pas une seule seconde d'être prise. Elle allait tambouriner sur la porte quand celle-ci s'était brutalement ouverte, ce qui avait un instant déstabilisé Reine.

Déstabilisée, elle l'est également par ce qui se présente à sa vue maintenant : un Lorrain, certes, mais bien plus jeune que dans son souvenir, presque un enfant encore. Par quel coup du sort ou quelle magie noire a-t-on transformé son amant putatif en ce puceau effrayé qui lui fait face ? La surprise est si violente que le cri cesse quelques secondes, Reine Esposito continuant néanmoins à marteler les lattes de parquet, dans une sorte de course immobile au moins aussi curieuse que sa nudité ainsi révélée à Baptiste Lorrain qui, soudain, se demande s'il n'a pas basculé dans une de ces réalités alternatives si bien décrites dans les bandes dessinées de *Pif Gadget*. Il y a ce point d'interrogation mal assuré au bout du terme lancée par Reine Esposito « Lorrain ? » et le balbutiement subséquent de Baptiste « oui, non » ne fait qu'ajouter au désordre, tandis qu'en bas on s'agite. Différents intervenants se précipitent dans la cage d'escalier et intiment à Reine Esposito de se ressaisir, nom de Dieu. Reine Esposito, entendant son nom prononcé à toutes les sauces et sur tous les tons, reprend (ou reperd, c'est selon) ses esprits après ces quelques secondes de flottement durant lesquelles deux images de Lorrain se superposent devant ses yeux, père, fils – elle se jette contre un Baptiste muet de frayeur, force l'entrée de sa bouche avec sa langue, nettoie brièvement les incisives et les canines puis se détache et poursuit sa course jusqu'à l'étage supérieur. Dans son délire, elle se souvient avoir en sa possession la clé du grenier. Michèle Goubert la lui a en effet confiée ce matin même afin qu'elle monte sous les toits les jeux usagés et les poupées décaties qui encombraient la réserve. Reine s'était dit qu'elle mènerait cette tâche à bien cet après-midi. Elle ignorait qu'elle s'y retrouverait nue comme un ver et les mains vides.

En trombe, derrière elle, une demi-douzaine de personnes, menées par Victor Dejeux, le factotum du groupe scolaire, et Hubert Lespinasse, tous deux habitués à la course-poursuite après des années de chasse le dimanche dans les bois environnants, et prêts à en découdre avec cet animal sauvage qu'est devenue la douce Reine Esposito, dont ils ne se souviennent pas une seule fois avoir croisé le regard. Les rejoignent bientôt deux autres instituteurs, une dame de service, un couple de parents venus inscrire leur fille dans cette école réputée mais qui doutent, tout à coup, et Geneviève Coudrier. Alors que Dejeux et Lespinasse demandent à Baptiste quel chemin a emprunté la bête, Geneviève Coudrier remarque tout de suite le trouble qui s'est emparé de l'ami de son fils. Elle s'approche, lui touche délicatement l'épaule droite en lui ordonnant de respirer calmement, mais c'est trop tard déjà, le déjeuner sommaire pris quelques heures plus tôt par Baptiste secoue l'organisation interne de son corps et s'en vient maculer le palier, le paillasson et la robe de Geneviève (qui peste) pendant que Baptiste, plié en deux, tente de surmonter le dégoût que lui inspire maintenant sa propre bouche. Il parvient néanmoins à indiquer à la troupe la piste qui les mènera à la coupable (ou la victime, c'est selon). Là-haut. Sous les toits. Dejeux et Lespinasse se retournent vers le reste du groupe – inutile de s'y précipiter tous, cela ne peut que créer davantage de confusion. Ils n'iront que tous les deux. Ils sont aguerris. Les autres doivent redescendre et surtout prévenir les secours.

Le grenier de l'école des filles, comme ceux de l'école maternelle et de l'école des garçons, est composé d'une pièce d'un seul tenant de plus de trois cents mètres carrés, qui court au-dessus des trois logements de fonction. Il est grossièrement divisé en parcelles par des cloisons en planches. Le sol est en pierre brute et la lumière provient uniquement des deux immenses vasistas percés à même le toit, ces fameuses ouvertures qui permettaient encore l'année dernière à Philippe Goubert, Baptiste Lorrain, Christian Coudrier et leurs compères de se lancer dans des courses effrénées sur les corniches, à dix mètres du sol.

Reine Esposito, désorientée par la disposition de cette partie du groupe scolaire où elle ne s'est jamais rendue, et par sa rencontre avec le fils de son amant rêvé, s'est brutalement tue et s'est précipitée vers le puits de soleil à sa gauche, pénétrant ainsi sans le savoir dans le saint des saints, l'endroit où Gérard Lorrain entrepose ses souvenirs de voyage ainsi que ses anciens guides de voyage, tandis que, dans ses caisses à elle, Janick emmagasine les ébauches, les croquis, les livres reliés consacrés à la mode ainsi que de rares objets évoquant sa vie avant son arrivée dans cette ville. Reine Esposito passe entre les draps étendus par Janick – comme chaque fois, Gérard a proposé son aide qu'elle a déclinée poliment.

L'arrivée de Dejeux et Lespinasse provoque un courant d'air qui glace tout à coup le sang de Reine Esposito – le grenier de l'école est un congélateur l'hiver et un four l'été, l'idéal pour choper toutes sortes de maladies, comme Geneviève Coudrier l'a plusieurs fois fait remarquer dans les réunions de fin d'année. Reine Esposito frissonne et pense au corps sans vie de son fils flottant sur la Seine. Elle s'enroule dans l'un des draps des Goubert et serre le tissu contre elle. Elle ne comprend plus très bien ce qu'elle fabrique ici, ni quel feu l'a saisie tout à l'heure. Du coin de l'œil, elle voit une flûte de Pan, un poncho, un moulin à prières tibétain, deux ou trois trophées. Elle ouvre l'un des cartons et s'en échappe une photographie de Gérard Lorrain et de son groupe d'amis en pleine expédition dans un désert africain. Elle plisse les yeux. Elle se demande si elle souhaite vraiment qu'il la prenne. Un craquement la fait sursauter. À quelques mètres d'elle, les jambes fléchies, le buste en avant, les oreilles tendues, Dejeux et Lespinasse se figent.

Quoique chasseur émérite, Dejeux se trouve bien désarmé face à cette Reine Esposito qu'il croise depuis des années, souris grise devenue en un clin d'œil spectre illuminé (et Dejeux caresse l'idée de se pencher sur le mystère de l'existence puis évacue cette pensée, on n'a pas le temps maintenant, il faut agir). Lespinasse tente d'amadouer sa proie en répétant de cette voix douce qui surprend toujours venant d'un tel colosse, « madame Esposito, madame Esposito ».

Reine Esposito se rend soudain compte de l'étendue du désastre. Elle se revoit en train de basculer dans la folie en face de la Goubert terrorisée, en train d'implorer l'aide charnelle de Gérard Lorrain, en train de courir nue devant le groupe scolaire, en train de gravir quatre à quatre les escaliers en bois, en train de marteler le parquet face à ce tout jeune homme qu'elle ne reconnaît pleinement que maintenant. Elle comprend aussi ce que son existence va devenir dans les mois et les années qui viennent, l'impossibilité de travailler avec des enfants, la perte d'emploi ou la déclaration de handicap, l'opprobre jeté sur sa famille, l'inquiétude cassante de son mari qui la considérera désormais comme ce qu'elle est, une folle, une ravagée, une hystérique. Le son qui avait brutalement cessé reprend de plus belle, une tonalité au-dessus encore, alors qu'on pensait avoir atteint les sommets. Dejeux et Lespinasse sont obligés de se boucher les oreilles et Dejeux se souvient en passant de l'histoire d'Ulysse et de ses compagnons d'infortune, forcés de s'enduire les conduits auditifs de cire pour échapper à la mélopée des sirènes. Paralysés par cet étrange grondement strident qui s'échappe de la gorge de Reine Esposito, ils ne réagissent pas tout de suite quand ils la voient, toujours couverte du drap de lit brodé des initiales J et GL, pour Janick et Gérard Lorrain, se remettre en branle, les dépasser en courant, se diriger vers le grenier de Francine Berger et monter sur l'escabeau qui mène au second vasistas. Ils retrouvent leur présence d'esprit au moment où Reine Esposito parvient à ouvrir l'antique fenêtre pour se hisser sur le toit. Ils imaginent très vite la suite, le gros titre du journal local le lendemain matin, « Le geste d'une désespérée », avec une photographie en noir et blanc du visage désolé de Dejeux suivie de la légende : « Nous n'avons rien pu faire, dit l'un des témoins principaux. » Ils s'épouvantent quelques millièmes de seconde en comprenant que c'est bientôt l'heure de la sortie, qu'il y aura déjà des parents devant l'école, avec des petits frères et des petites sœurs dans des poussettes et des landaus, sur lesquels Reine Esposito va sans doute s'écraser, tranchant d'un coup le fil de son existence et celui d'un être sans défense. Alors, ils s'élancent tous les deux, mais Lespinasse trébuche et c'est Dejeux qui le premier bondit en avant pour attraper la cheville de Reine Esposito dont le reste du corps est maintenant allongé à même les tuiles, à plat dos, gargouille incongrue et sonore, dont l'alarme continuelle alerte les adultes en contrebas qui, tétanisés, lèvent les yeux vers le ciel et découvrent un drap blanc qui hurle et gigote à quelques mètres d'eux, et qui repensent soudain à toutes ces histoires horribles que leurs aînés leur racontaient le soir lorsqu'ils étaient petits, une fois les lumières éteintes, revenants, têtes coupées, vampires.

Reine Esposito gesticule, sous les yeux ébahis de ce public qui retient son souffle puis s'écarte prestement – les poussettes et les mamans d'abord ! – tandis que Victor Dejeux, cinquante-deux ans, célibataire sans enfants, n'ayant connu au cours de son existence que deux élans du cœur envers des femmes qui n'ont jamais donné suite – ce sous-fifre qui fait office de factotum et qui, à ce titre, bénéficie d'un minuscule bureau attenant à celui du directeur de l'école des garçons mais pas d'un logement de fonction, il ne faut pas exagérer non plus ; cet homme effacé dont personne ne se plaint jamais, ni les parents ni les enfants, même si ces mêmes parents et ces mêmes enfants n'hésitent pas à se moquer franchement de sa silhouette bedonnante et de sa généreuse moustache ; cet ectoplasme dodu que rien ne semble jamais atteindre et qui ne se montre vif qu'à la chasse, lorsque enfin il se libère en tirant sur la beauté du monde et en trouant la peau des canards et des lapins, bien fait ; cet oublié des dieux qui aime à lire le soir dans son minuscule salon-salle à manger l'*Anthologie de la poésie française* établie par Georges Pompidou et possède dix carnets en moleskine noirs couverts d'une écriture fine et régulière vantant les beautés de la brume au petit matin sur la plaine ou le galbe de la cuisse de Janick Lorrain, à qui de nombreux vers sont secrètement dédiés – c'est ce Victor Dejeux-là qui aujourd'hui tient en même temps avec fermeté la cheville droite de Reine Esposito et son heure de gloire, celle qui va le transformer aux yeux des habitants du quartier (et même un peu plus loin, grâce à la promptitude du quotidien local dont le reporter spécial est en train de bomber au volant de sa R16 pour venir immortaliser l'instant). Il tient bon. Il sait que s'il lâche sa prise, elle va dégringoler le long du toit la tête en bas et qu'elle ne s'en relèvera pas. Il sue et il a peur que les gouttelettes qui commencent à couvrir ses mains ne l'empêchent de garder le contact avec ce mollet féminin qui, dans cette situation pourtant scabreuse, déclenche dans son entrejambe une réaction aussi gênante que disproportionnée. Il parle aussi. Il parle à Reine Esposito qui, au bout d'un moment, hypnotisée, remballe sa mélopée et, yeux écarquillés, écoute les phrases que prononce ce petit rondouillard sorti tout droit d'un recueil de contes de fées, rayon lutins et farfadets. Victor Dejeux psalmodie que tout va bien se passer, que personne ne lui en veut, à Reine Esposito, que tout le monde l'aime bien et qu'il va falloir rester sage et obéir maintenant, on va prendre toutes les précautions, on va l'entourer, la conseiller, la dorloter, on a compris son appel au secours, son besoin d'affection, son amour débordant des autres, cet amour si mal compris, hein, Reine ? Et les spectateurs muets tout à coup se pendent eux aussi un à un aux lèvres de Victor. Pendant ce temps, les pompiers arrivent toutes sirènes hurlantes, déplient la bâche qui pourrait recueillir le corps de la malheureuse, montent la grande échelle – alors que, de l'autre côté, Billy Billiard gare son véhicule à la va-vite, sort en trombe de l'habitacle, harnaché de ses deux appareils photo, et canarde tout en courant vers le lieu du drame (et les phrases se forment d'emblée dans sa tête, *un acte de désespoir, tragédie au groupe scolaire*). Rien ne peut arrêter la logorrhée de Victor Dejeux désormais, et Reine Esposito sort alors timidement la tête du drap dans lequel elle est emberlificotée et regarde cet étrange chasseur-sauveur. L'éclair qui naît alors dans les pupilles de Reine est d'une telle intensité qu'il déstabilise Victor Dejeux. Ce dernier relâche un court instant la cheville de Reine Esposito, dont le corps glisse de quelques centimètres le long des tuiles alors qu'en bas la foule pousse un cri (que Billy Billiard qualifiera de « lugubre » dans son article du lendemain).

Le cœur de Victor Dejeux n'a fait qu'un bond, suivi par son corps encombrant qui est maintenant aux quatre cinquièmes sorti par la lucarne, le dernier cinquième – ses pieds et ses mollets – étant retenu par Lespinasse qui couine, non, Victor, c'est trop dangereux, reviens maintenant, sans savoir exactement ce qu'il est en train de raconter. Dejeux est en train de saisir l'autre cheville de Reine Esposito quand il voit la tête d'un des pompiers se dessiner derrière la gouttière, à quelques centimètres de la tignasse brune de la suicidaire. Victor Dejeux grommelle parce que le pompier est une vraie caricature, grand, athlétique, le casque rutilant, l'uniforme impeccable, le sourire ravageur. D'une voix douce, le pompier explique à Reine Esposito, qui ne lui jette pas un regard tant elle reste fascinée par Victor Dejeux, qu'il s'appelle Olivier Legrand, qu'elle doit avoir confiance en lui, qu'il est là pour l'aider. Reine Esposito ne cille pas. Mais pour la première fois depuis son « Lorrain je te veux, Lorrain prends-moi », elle articule une phrase. Elle ne s'adresse pas à cet Olivier Legrand dont elle n'a cure. Elle s'adresse à Victor Dejeux. Elle lui dit : « Que veux-tu que je fasse ? » et Victor Dejeux ressent une émotion étrange – il aurait presque envie de pleurer, lui à qui cela n'est pas arrivé depuis la mort de son chien Pilou en 1966. Dejeux déglutit et répond : « Que tu vives » et la foule en dessous applaudirait presque tant la réplique est émouvante. Alors, Reine Esposito se tourne vers Olivier Legrand, lui sourit timidement et accepte d'être transportée. Tandis qu'il est en train d'ajuster le drap afin de garder toute la pudeur de la rescapée, celle-ci lui glisse à l'oreille « S'il vous plaît, n'en parlez pas à mon mari », et Olivier Legrand admet que quand même, elle doit être un peu frappée, elle ne se rend pas compte du barouf qu'elle a créé dans le quartier, tout le monde est au courant de ce qu'elle a hurlé, de toute façon, à peine auront-ils posé le pied par terre que c'est direction la psychiatrie et les électrochocs, c'est sans doute ce qu'il y a de mieux pour remettre d'aplomb sa caboche à celle-ci, de toute façon, les tarés, honnêtement, s'ils pouvaient ne pas se rater, ça rendrait le monde meilleur, mais bon, ça, c'est des raisonnements que tu ne peux pas tenir à haute voix, surtout quand tu es pompier.

Et c'est sous les vivats des badauds et sous le crépitement de l'appareil photo de Billy Billiard que Reine Esposito retrouve le plancher des vaches et qu'elle est allongée sur une civière, tandis que Victor Dejeux repose ses pieds sur le plancher du grenier, embrasse sur les joues un Lespinasse cramoisi, descend quatre à quatre les escaliers, sort en trombe et se précipite vers les vitres dépolies de l'ambulance, criant « Reine, Reine ! » et la victime répondant « Oui, oui » parce qu'elle reconnaît la voix mais qu'elle a oublié le prénom, et que les brancardiers s'interposent : « Vous êtes de la famille ?

— Euh… non, mais…

— Alors, désolé vous n'avez pas le droit de monter.

— Mais où l'emmenez-vous ? »

En guise de réponse, le pin-pon de l'ambulance, les lumières bleues des gyrophares, la foule qui s'écarte, circulez, il n'y a rien à voir. Les enfants, retenus dans les classes, peuvent enfin sortir. L'alerte est levée.

3

Dans l'Arbalète

C'est le début du mois de juin. La fête de l'école est dans trois semaines. Il fait un soleil éclatant. Philippe Goubert est soulagé. Il va pouvoir aller jouer dehors une bonne partie de la journée et échapper ainsi à la surveillance (relative) de son père, puisque sa mère part pour Paris tout le week-end pour assister à des conférences. Philippe a craint un moment qu'André n'organise une « journée entre hommes » comme il l'a parfois proposé par le passé mais, apparemment, il est débordé par ses nouvelles activités de comptable pour la section locale du Parti socialiste et préférerait que Philippe s'occupe par lui-même sans faire aucun bruit. Il a évidemment pesté quand Michèle a évoqué il y a quelques semaines ce déplacement dans la capitale mais, une fois n'est pas coutume, sa mère est montée dans les aigus, elle a convoqué le Progressisme, le Féminisme et même le Droit pour l'Avortement dont on se demandait un peu ce qu'il avait à voir là-dedans, et André, qui n'a guère l'habitude d'être contredit et encore moins d'être amené sur le terrain d'idées qu'il défend en public sans les pratiquer en privé, a rapidement concédé, puis cédé tout court. Philippe a tenté de le seconder en chouinant un peu, mais c'était un fort mauvais calcul : il s'est à la fois retrouvé sous le feu des critiques de son père – « arrête de faire ta femmelette, enfin, je veux dire, arrête quoi ! » – et de sa mère – « je suis désolée, mon chéri, mais tu ne vas pas nous piquer une crise chaque fois que ta mère s'absente, tu es grand maintenant, ça suffit ! » Philippe aurait voulu lui expliquer ses angoisses quant aux journées passées en la seule compagnie de son père, mais il a vite saisi que c'était peine perdue. L'Association générale des institutrices d'école maternelle avait des pouvoirs magiques qui dépassaient les siens.

La seule chose qu'il se demande, et qu'il comprend obscurément devoir rester secrète, c'est si sa mère croisera dans la capitale son maître, M. Florimont, qu'il a entendu dans la cour de récréation évoquer le conclave des Freinétistes, prouvant donc qu'apparemment ce samedi en France est consacré à des réunions de la plus haute importance sur l'éducation. Personne n'a rebondi sur le sujet, néanmoins, et on – « on », c'est-à-dire tous les collègues de l'école des garçons moins le directeur – est vite revenu à ses moutons, qui ne portent depuis trois semaines qu'un seul et même nom : Reine Esposito.

L'onde du scandale a éclaboussé le quartier et tous, parents, élèves, enseignants, ne parlent que de ça – le « ça » tenant moins à la crise de nerfs en elle-même, dont on assure sans en croire un mot qu'elle peut arriver à tout un chacun (à tel point qu'on pourrait penser qu'elle s'apparente à un virus extrêmement contagieux), qu'au sauvetage en lui-même et, plus encore, à ces phrases prononcées par Reine Esposito lorsqu'elle gambadait nue dans les couloirs. Elles sont d'ailleurs si ahurissantes, ces phrases, que certains mettent en doute leur véracité tandis que d'autres n'hésitent pas à les déformer, allant jusqu'à en proposer de nouvelles versions telles que : « Viole-moi Lorrain » ou : « Je veux sentir ta queue bien profond », qui entraînent des rougeurs instantanées sur les cous de ces dames de l'école des filles et des picotements singuliers dans les pantalons de leurs homologues masculins.

On débat : serait-il possible qu'à l'insu de tous une idylle se soit développée entre Gérard Lorrain, directeur, et Reine Esposito, dame de service ? Comment ? Pourquoi ? Où ? Se rencontraient-ils à la sauvette dans les caves du groupe scolaire qui, dit-on, sont communicantes et courent tout le long du bâtiment ? Dans le terrain vague à l'arrière de l'école ? Était-ce pour eux qu'avait été construit ce petit nid d'amour de planches et de tôles surplombant les voies ferrées ? On objecte – impossible, Gérard Lorrain a clairement expliqué qu'il connaît à peine Reine Esposito. Il a eu son fils comme élève il y a quelque temps, oui, et l'année s'est bien déroulée, mais Mme Esposito fait partie de ces mères qui ne rencontrent jamais les enseignants. Sinon il a dû la croiser à deux ou trois reprises lorsqu'il a rendu visite à Michèle Goubert afin de régler des problèmes d'intendance qui concernaient les différentes branches du groupe scolaire, et c'est tout. Il ne comprend absolument pas le comportement de cette dame et il trouve totalement injuste que le scandale l'éclabousse, lui, ainsi que toute sa famille qui n'a rien demandé. Il porterait bien plainte pour diffamation mais il se doute qu'il n'y aura jamais suite puisque Mme Esposito va être déclarée en crise de démence au moment des faits. Le mieux est de laisser cette affaire qui n'en est pas une mourir d'elle-même : Reine Esposito sera enfermée dans un asile pour quelque temps et traitée comme il se doit. C'est à son mari qu'il faut songer désormais. L'inspecteur a longuement reçu M. Esposito et, apparemment, ils ont conclu qu'un prompt déménagement serait la solution la plus appropriée. L'époux n'est pas vindicatif et il a même des explications très sensées à fournir : la mère de madame a eu il y a quelque temps des attaques de démence sénile. Ce doit malheureusement être héréditaire, et le décès de Louis l'an dernier n'a rien dû arranger. En plus, il est bien trop tard maintenant pour la répudier. Le verbe a fait sursauter l'inspecteur, mais il n'a pas répliqué. Le cas était déjà assez complexe. On marchait sur des œufs. D'autant que lui-même n'était pas tout à fait sûr de la complète innocence de Lorrain. Et ces racontars sur la taille généreuse de son engin étaient-ils fondés ou non ?

Car, au fond, c'est sur cette question centrale que se concentrent maintenant les murmures et les conciliabules, dans le quartier. On assure que Reine Esposito était obsédée par les attributs du directeur qui, avait-elle hurlé, étaient phénoménaux (ou quelque chose de ce genre, on n'était plus certain de l'adjectif utilisé). Du coup, le regard porté sur Lorrain a changé. Les pères froncent les sourcils en le croisant ou sourient en coin, selon le degré de crédibilité qu'ils portent aux rumeurs. Les mères, qui commencent à revêtir des tenues plus légères, font glisser le long de leurs nez leurs lunettes de soleil lorsque le directeur passe devant elles, elles qui, jusqu'à présent, ne voyaient chez lui qu'un homme fruste et autoritaire qui traumatisait leurs petits chéris. La brutalité qu'elles lui associent prend désormais des allures bien différentes. Elles sont plusieurs à sentir le frisson monter du haut de leurs cuisses au début de leur cou et à débrider leurs imaginations corsetées, peuplant les greniers et les caves de l'établissement de scènes torrides, transformant le groupe scolaire en lupanar lubrique. Elles rêvent d'être convoquées dans le bureau de Lorrain et fantasment sur sa nuque, ses épaules, ses fesses – parce que, quand même, de face, ajoutent-elles avec une grimace, c'est plus compliqué de se le représenter en Apollon.

Or, en cette fin de samedi matin ensoleillé,

Gérard Lorrain, enfermé à double tour dans son bureau, est abasourdi et apathique. Vautré sur sa chaise, il fixe le mur d'en face sans le voir et se demande si cette vie vaut vraiment la peine d'être vécue quand on peut ainsi devenir, du jour au lendemain, un sex-symbol sans jamais l'avoir cherché. Il sait qu'il devrait n'en prendre que le meilleur et se trouver flatté des racontars qui magnifient la taille de ses attributs ainsi que ses capacités nocturnes, mais il ne parvient pas à s'y résoudre. D'abord, parce qu'il trouve cela très gênant – il n'a jamais eu l'habitude de parler de ce qu'on nomme les choses de la vie. Très pudique, il se déshabille encore dans le noir et en tournant le dos à Janick – ce qu'elle a regretté parfois. Ensuite, parce qu'il craint que son épouse, justement, ne se mette à démentir les rumeurs en révélant la rareté de leurs rapports et la rapidité d'ébats, disons, décevants. Ils étaient inexpérimentés tous les deux lorsqu'ils se sont rencontrés, personne ne leur avait expliqué quoi que ce soit, et ils s'étaient conduits de façon brusque et presque blessante. Ils s'étaient heurtés et le passage des années a à peine adouci leurs rencontres. Au moment où les tensions commençaient à décliner, Janick était tombée enceinte. Il s'était vite avéré que la grossesse posait problème – un placenta praevia – et les médecins avaient prescrit beaucoup de repos et une absence de relations sexuelles qui pourraient déclencher une fausse couche. Gérard et elle avaient fait semblant d'en être bien marris, alors qu'au fond ils en étaient soulagés. Cette absence de contact charnel s'était prolongée tout au long de l'allaitement et pendant une année encore : Baptiste dormait mal et geignait beaucoup lorsqu'il était bébé. Il finissait souvent dans le lit entre ses parents, malgré les conseils du pédiatre, et Gérard allait alors s'allonger dans le canapé. Depuis, la gaucherie avait repris ses droits et les absences fréquentes de Gérard n'arrangeaient rien. Il se sentait mieux, là-bas, dans la nature, au milieu de son groupe de camarades. Il avait l'âme d'un explorateur ou d'un aventurier. Il n'aurait jamais dû devenir instituteur – d'ailleurs, les enfants, honnêtement, ce n'était pas sa tasse de thé. Ils étaient trop lents. Trop dépendants. Trop peu réactifs. Gérard Lorrain s'était rêvé ethnologue ou anthropologue, des mots qui hérissaient ses parents. Par une taloche sur la nuque, ceux-ci lui rappelaient qu'avant tout il devait gagner de l'argent. Il était entré tôt à l'école normale – à quinze ans, il touchait son premier salaire. Son père s'attendait à ce que son fils donne la moitié de sa paie à ceux qui l'avaient nourri et blanchi depuis sa naissance, mais Gérard avait refusé tout net et avait ouvert un compte d'épargne. Au bout de deux ans d'économies drastiques, il avait réussi à partir dans les Alpes pour la première fois. Il rêvait d'escalader le mont Blanc. Il dévorait tout ce qui avait trait à la montagne – il devint en un temps record un alpiniste chevronné.

Gérard ne comprend pas. Il ne connaît pas

Reine Esposito. Il ignorait même son nom jusqu'à quatre ans plus tôt, lorsqu'il avait eu maille à partir avec son fils qui avait été renvoyé de l'école Jules-Ferry et avait atterri dans sa classe. Un vrai dur à cuire, qui n'avait pas froid aux yeux et qui, s'il n'ouvrait pas la bouche, vous toisait avec morgue. Lorrain avait d'abord cru qu'il allait le mater comme les autres – quelques coups bien ajustés, une oreille tirée, trois ou quatre humiliations, mais non, le gamin était de la trempe des résistants et des courageux et il ne pipait mot. Lorrain avait alors eu l'idée d'en faire son allié – de lui confier des missions de délation ou de surveillance. Louis, d'abord circonspect, était rapidement tombé dans le panneau, devenant une sorte de directeur de conscience de ses camarades et n'hésitant pas à se battre avec les récalcitrants. « L'adjudant-chef. » C'est ainsi que l'appelait Lorrain et rien ne pouvait faire plus plaisir à ce gamin en mal d'affection masculine. Pour la première fois de sa scolarité, l'année de Louis s'était bien déroulée – son comportement était exemplaire. Ses résultats, en revanche, restaient médiocres et il avait décidé de se tourner vers l'apprentissage dès qu'il aurait l'âge requis. Son décès, l'été dernier, a ébranlé Gérard Lorrain et il a été un des seuls instituteurs de l'école des garçons à s'être rendu à l'enterrement.

Est-ce cette bienveillance toute relative qui a transformé Reine Esposito en inconditionnelle du directeur ? S'est-elle brodé une histoire ? A-t-elle fantasmé devant ses pectoraux et ses biceps lors de ces soirées diapositives auxquelles sont conviés tous les parents d'élèves et tous les membres du groupe scolaire ? On y découvre des visages du bout du monde, des tissus colorés, des pupilles noires, des rires édentés, des chutes d'eau à couper le souffle, des chemins escarpés, des sommets enneigés et jamais, au grand jamais, de clichés pris dans les capitales. Lorrain déteste les grandes villes. Il ne supporte pas la pollution, l'odeur d'essence et la promiscuité des transports en commun. Il craint également la délinquance, la perte de repères et l'anonymat de ces cités si bien décrites par Roger Gicquel dans l'éditorial du journal de vingt heures. Pourtant, en ce mercredi matin de remise en question, Lorrain donnerait tout pour habiter un arrondissement parisien où il ne connaîtrait personne et où tout le monde lui foutrait la paix. Un quartier dans lequel il pourrait se promener sans que des dizaines de paires d'yeux suivent avec concupiscence le mouvement de son dos et de son bas-ventre. Il en caresse l'idée, d'ailleurs. Fermer le bureau, rentrer précipitamment, annoncer à Janick qu'il ne sera pas là de la journée parce qu'il a besoin de faire le vide – elle comprendra très bien –, rouler jusqu'à la gare, s'engouffrer dans le train – et respirer.

Et tandis qu'il réfléchit à cette éventualité, Geneviève Coudrier se met en marche. Robert ne l'accompagne pas. Il est occupé à réparer la télévision qui, hier soir, a donné des signes de fatigue. Il est aidé en cela par leur fils aîné, qui se targue d'être expert en bricolage depuis qu'il est entré au lycée technique, et secondé par Christian dans lequel Geneviève a plus confiance – Christian est de sa trempe à elle : un observateur silencieux doublé d'un décideur d'une redoutable efficacité quand il s'y met. Les jumelles, elles, s'occupent dans leur coin – elles mènent une vie différente du reste de la famille. À midi, il est convenu qu'ils déjeuneront tous les cinq de sandwiches puisque leur mère, fait exceptionnel, va rendre visite à leur tante déprimée à Paris. Personne n'a opposé de veto à ce voyage – la famille, c'est essentiel, et même si on connaît à peine la tata en question, il est normal de lui venir en aide, puisqu'elle est du même sang que nous.

Geneviève n'a pas hésité longtemps devant sa penderie. Elle a choisi cette robe bleu marine très pratique car bien moins salissante que la blanche ou la crème (elle a écarté la noire qui est réservée aux deuils ou aux soirées d'apparat) ainsi que cette ceinture en plastique de la même couleur et du plus bel effet. Elle s'est légèrement maquillée et est passée chez le coiffeur quand elle a eu confirmation que le week-end retenu pour la Grande Escapade (ainsi nomme-t-elle l'événement dans ses carnets) était arrivé. Elle a hésité un instant devant sa petite valise, mais y a renoncé dans un soupir désappointé. Non, elle ne pourrait pas rester tout le week-end comme les deux tourtereaux. Elle reviendrait par le train du soir. D'ailleurs, elle n'aurait pas su trop quoi faire à Paris seule. Elle se serait ennuyée dans sa chambre d'hôtel. De toute façon, se rengorgeait-elle, l'essentiel de sa mission serait effectué : elle les aurait fait hésiter. Ils se sentiraient inquiets. Traqués. Ils ne tenteraient rien. Ils auraient trop peur du qu'en-dira-t-on. Geneviève Coudrier sourit. Elle est très fière de son coup. Elle se voit comme une de ces héroïnes françaises, Jeanne d'Arc, Charlotte Corday, empêchant le renversement des valeurs. Le mariage et les institutions ne seront pas foulés aux pieds en cette fin de semaine, elle en répond. Elle sèmera le doute et, avec lui, la tempête.

Elle arrive juste à temps à la gare pour voir Charles Florimont sortir de sa vieille 403. Au moins, il ne s'est pas fait déposer par son épouse. Geneviève Coudrier décide de marcher d'un pas altier – elle n'a rien à cacher, elle – et de surveiller les réactions de Florimont, qui ne la remarque pas et traverse au petit trot la cour de la gare. Sur la gauche, juste après le pont, Michèle Goubert est en train de descendre les escaliers. Elle arbore des lunettes de soleil et une robe fleurie, preuve s'il en est de sa lascivité et de son désir de luxure. Elle n'est pas tranquille, et Geneviève le voit tout de suite. Elle se concentre sur ses pieds et jette de petits coups d'œil alentour. Elle a peur d'être repérée et Geneviève rit sous cape en pensant à la frayeur qu'elle va lui causer tout à l'heure. À moins qu'elle ne décide de ne rien dévoiler et qu'elle ne passe son temps à l'espionner, simplement, et à prendre des notes sans jamais se montrer. *Un ami qui vous veut du bien*. Geneviève Coudrier a toujours aimé cette phrase emblématique des romans policiers qu'elle lit parfois, l'été. Voilà. C'est exactement elle. Une amie qui vous veut du bien, parce qu'elle vous protège et vous empêche de faire n'importe quoi.

Geneviève s'apprête à entrer dans le hall, que Florimont vient de quitter pour se rendre sur le quai numéro deux, quand son regard aiguisé repère quelqu'un dont la présence semble totalement incongrue. Elle se fige sur place. Débouchant de l'avenue des Tilleuls, l'air hagard et rubicond, au point qu'on pourrait se demander ce qui vient de lui tomber dessus, surgit Gérard Lorrain. Geneviève Coudrier est obligée de s'adosser au mur quelques secondes. Mon Dieu. Qu'est-ce à dire ? Aurait-elle raté le coche ? Gérard Lorrain se serait-il lui aussi compromis auprès de cette traînée de Michèle Goubert ? Brusquement, Geneviève Coudrier ne cherche plus à dissimuler ce qu'elle pense de cette Marie-couche-toi-là qui, sous ses airs de sainte nitouche, allume tous les maris du quartier, pire que la Desplanques, parce que plus sournoise, heureusement que Robert n'est pas de cette trempe-là, il sait ce qui est bon pour lui, Robert, il a la tête sur les épaules et il ne pense pas avec sa…, enfin, je me comprends.

La tête de Geneviève Coudrier tourne quelques secondes, un presque étourdissement, mais elle n'a pas le temps de se laisser aller, il faut qu'elle trottine elle aussi en direction du quai numéro deux car l'Arbalète de 12 h 45 départ 12 h 48 en direction de Paris est entrée en gare. Il y a foule en ce samedi de printemps. Des familles qui vont visiter les musées ; des jeunes gens impatients qui se rendent à l'autre bout de la France pour rejoindre leurs fiancées, des couples qui profitent du premier week-end où il fait enfin franchement beau après une série de fins de semaine décevantes. Geneviève Coudrier craint de perdre de vue les deux, non trois maintenant, objets de son attention. Elle repère Lorrain, très nerveux, qui monte dans la première voiture. Il semble tout entier happé par des questions intérieures – irait-il consulter un spécialiste parisien après cette incroyable aventure avec Reine Esposito ? – et ne remarque pas Florimont, un peu plus loin qui, lui, semble avoir identifié le directeur et fronce les sourcils. Geneviève Coudrier peste contre Lorrain, qui va manifestement tout faire foirer, parce que les amoureux transis vont se méfier désormais, choisir des places dans des wagons éloignés et prétendre tout ignorer de l'emploi du temps de l'autre. Elle commence à suer et c'est désagréable pour tout le monde. Elle sent les gouttes couler dans son dos. Elle consulte sa réservation, siège 43, voiture 12, s'installe droite comme un I dans le compartiment. En face d'elle, un jeune homme négligé en jeans et en baskets, les cheveux longs, et sa petite amie probablement, bandeau dans les cheveux et petites lunettes rondes. Dans le coin, une vieille dame qui a sorti un paquet de pistaches, les décortique avec une régularité effrayante puis les engloutit comme un écureuil atterré. Geneviève Coudrier soupire et se demande tout à coup si cette filature a bien un sens. Elle tente de bloquer le flot de questions qui l'assaillent tandis que retentit le sifflet du chef de gare et que le train s'ébranle, mais c'est trop tard, la boîte de Pandore a été ouverte. Pourquoi s'intéresser autant à l'existence des autres ? Parce que la sienne est insatisfaisante ? En quoi, par exemple ? Et cette haine aussi féroce que cachée pour Michèle Goubert, comment l'expliquer ? Geneviève Coudrier se redresse et colle son dos trempé à la moleskine de la banquette tout en relevant le nez et le front dans une attitude de défi. Ah. Les Michèle Goubert. Elle les connaît par cœur. Des maries-salopes, oui. Elle va aller la dénoncer à son mari, celle-là, ça ne va pas traîner. Après, les coups, elle les aura mérités. Comme elle mérite les insultes dont André Goubert l'abreuve à intervalles réguliers, et qui résonnent dans tout le groupe scolaire. Il a raison, le père Goubert. Il ne faut pas se laisser marcher sur les pieds. S'il n'en tenait qu'à elle, elle obligerait cette mijaurée à tourner dans le jardin public avec une pancarte autour du cou « Je trompe mon mari » ou « Je suis une catin ». L'humiliation, il n'y a que ça qui marche chez ces putains.

Deux wagons plus loin, Gérard Lorrain se demande ce qu'il fait là. Il n'a pas réfléchi. Il se rend compte qu'il avait donné rendez-vous à Lespinasse cet après-midi dans son bureau, pour qu'ils mettent une dernière touche à la programmation de la fête de l'école, qui a lieu à la fin du mois. C'est toute une alchimie, la réussite d'une fête d'école. Depuis près de dix ans, le groupe scolaire peut s'enorgueillir d'accueillir la plus réussie de celles de l'agglomération. Même les autres directeurs et les membres de l'Inspection académique se déplacent pour admirer l'agencement et l'enchaînement des saynètes et des morceaux de bravoure musicaux. Ils copient sur leur petit carnet. Ils tentent d'égaler les prestations. Ils n'y parviennent pas. Ils viennent aussi parce que les lots des différentes animations sont particulièrement intéressants. On a, dans les parents d'élèves, des chefs d'entreprise qui savent se montrer généreux et, l'année dernière, les cadeaux les plus aguichants étaient une bicyclette, une machine à coudre et un téléviseur, le tout flambant neuf, avec garantie à l'appui. Alors, à l'heure des Enveloppes surprises et du Devinez combien pèse le panier garni, les badauds se pressent et s'écraseraient presque. Les enfants traînent derrière eux leurs familles entières, qui les regardent distraitement exécuter leur petite danse ou réciter leur poésie avant de se précipiter sur les numéros de la chance. Or, au lieu d'être en train de peaufiner l'organisation avec Lespinasse – une crème, celui-là, jamais un mot plus haut que l'autre, toujours obéissant, voire servile –, le voilà dans ce compartiment étouffant, coincé entre une grosse dame qui parcourt son *Télé 7 Jours* comme si c'était un prix Goncourt et un vieil homme malingre sur le point de s'endormir. Gérard Lorrain ne comprend pas ce qui lui prend. Il en arrive même à se demander si ce ne serait pas cette crise des démons de midi, dont les magazines féminins ne cessent de parler – selon Janick – alors que lui-même assure ne l'avoir jamais connue. Courir la jouvencelle, très peu pour lui. Il se sent déjà mal à l'aise quand ses camarades entonnent des refrains lestes et graveleux. Et il n'a aucune envie de tromper Janick. Rien que l'idée le plonge dans des abîmes de perplexité. Un couple, c'est un homme et une femme qui se rencontrent charnellement parce que c'est important de se reproduire, et qui vivent ensuite en bonne intelligence, en respectant chacun la liberté de l'autre. C'est ainsi qu'il a été éduqué – et il s'en est toujours félicité. Jusqu'à aujourd'hui. Le plus surprenant, en fait, c'est que la seule personne à qui il aimerait parler, là, tout de suite, c'est son ennemi intime – Charles Florimont, le même Charles Florimont qui, deux wagons plus loin, cache mal son agitation, au point que son voisin immédiat lui lance des coups d'œil inquiets et se demande s'il ne va pas changer de place.

Florimont bout. Florimont implose. Florimont rougeoie. Ses pieds martèlent le sol en suivant le rythme d'un morceau de rock'n'roll qu'il déteste – les Rolling Stones, *I can't get no satisfaction* – dont le tempo facile l'a toujours agacé et dont les paroles idiotes sont une insulte pour l'intelligence. Il s'est déjà levé une fois, est passé dans la voiture suivante, repérant Michèle Goubert, magnifique dans cette robe à fleurs qu'elle n'a encore jamais mise mais devant laquelle elle a fondu la semaine dernière au magasin *Les Élégantes*, tandis que la vendeuse roucoulait que personne ne la porterait mieux qu'elle et qu'elle magnifiait le tissu.

Florimont était resté en arrêt devant tant de beauté et d'éclat, et il se demandait comment ceux qui partageaient le compartiment de Michèle pouvaient ne pas être éblouis par sa grâce. Il paraissait si médusé que certains voyageurs, justement, s'en étaient émus – qu'avait-il, ce grand escogriffe, à les dévisager de la sorte ? Raclements de gorge, froncements de sourcils – Charles s'était ressaisi et avait poursuivi son chemin, non sans qu'une sexagénaire peu amène ne lance un commentaire acerbe sur sa probable fragilité mentale. Michèle avait eu envie de la gifler, mais avait réussi à se contenir, puis s'était replongée dans ce livre des sœurs Groult qu'elle s'était procuré à la hâte et à la gare – elle en avait déjà lu une vingtaine de pages mais n'avait même pas retenu le nom de l'héroïne.

Florimont avait donc continué à se dégourdir les jambes et s'était arrêté pour reprendre sa respiration dans le soufflet entre deux wagons. C'est là qu'il avait vu Geneviève Coudrier, bloquant de sa masse imposante le couloir de la voiture suivante, le nez collé à la vitre du train.

Le cœur de Florimont s'était mis à battre la chamade. Il n'était pas né de la dernière pluie. Il s'exprimait peu en dehors des joutes pédagogiques, mais il aimait observer les autres, débusquer leurs frustrations dissimulées, tenter de percer leur mystère. Il avait remarqué, lors des différentes réunions de circonscription, que Geneviève Coudrier se mettait également en retrait et semblait prendre en note toutes les réactions des intervenants. Il l'avait également prise en flagrant délit de calomnie, un jour où il était arrivé à l'improviste à l'école des filles pour voir la directrice. Geneviève Coudrier trônait au milieu de ses collègues, pendues à ses lèvres. Elle était en train de narrer par le menu comment elle en avait déduit qu'une mère d'élève couchait avec le père d'une autre. Elle s'était figée en repérant Florimont, et elle avait conclu rapidement sur un « ce ne sont que des suppositions, si ça se trouve, il n'y a rien de vrai dans tout ça », accompagné d'un rire discordant – mais Charles avait eu le temps d'entrapercevoir de quel bois Geneviève Coudrier se chauffait et de se le tenir pour dit.

Il se demandait ce qu'elle fabriquait dans ce train, justement aujourd'hui. Se pourrait-il qu'elle ait découvert la liaison qu'il n'entretenait pas encore (mais qu'il avait bien l'intention d'étrenner lors de ce week-end de rêve dans la capitale) et qu'elle les espionne, Michèle et lui ? Elle n'irait tout de même pas jusque-là ! Non, elle avait probablement à faire à Paris et ignorait qu'ils se trouvaient dans le même train, mais, en tout état de cause, c'était une très mauvaise nouvelle et mieux valait prendre le taureau par les cornes et aller la saluer pour parer à toute éventualité.

C'est ainsi que Charles Florimont s'approche en souriant d'une Geneviève Coudrier bien ennuyée de s'être ainsi exposée dans le couloir, mais flûte, elle ne pouvait pas tenir une seconde de plus dans ce compartiment, avec son voisin qui sentait très fort la transpiration et n'hésitait pas non plus à se soulager aussi discrètement que régulièrement des gaz qui embarrassaient son système digestif. Elle feint l'étonnement, bien sûr – « Monsieur Florimont, quelle bonne surprise, vous allez à Paris ou plus loin ? Ah oui, la réunion Freinet, tiens j'avais pourtant lu quelque part qu'elle avait lieu début juillet, ah, elle a été déplacée, je comprends, moi ? oh rien, une visite à ma sœur qui déprime depuis que son fils a quitté la maison, oui, non, rien de très réjouissant, je me prépare à compatir tout l'après-midi alors qu'au fond, mon neveu n'est qu'un paresseux ingrat qui, j'en suis sûre, consomme de la drogue, il fait partie d'un de ces groupes de hippies, vous savez, enfin bref, pardon ? au wagon-restaurant, vous et moi ? ah, ah, ah, mais vous n'avez pas peur qu'on jase ? Oui, oui, pourquoi pas, non, bien sûr, je reprends juste mon sac, je ne voudrais pas qu'on me vole mes affaires, les trains ne sont plus sûrs de nos jours, l'appareil photo ? oh, c'est parce que j'aime bien prendre les monuments, je me disais que je pourrais sortir ma sœur, vous voyez, ça lui changerait les idées. »

Sur le chemin menant au wagon-restaurant, cette voiture 4 qui fait la fierté de l'Arbalète, voilà qu'ils aperçoivent Michèle Goubert, interjections, cris de stupéfaction, « Ça alors, mais c'est tout le groupe scolaire que l'on trouve dans le train et en plus, personne n'en a informé les autres, si c'est pas ballot, si on avait su, on aurait réservé des places dans le même compartiment, cela aurait été plus sympathique, vous allez où alors, chère madame Goubert, oh, appelez-moi Michèle, Charles, à la réunion des institutrices de maternelle, oui, cela promet d'être intéressant, on y parle des ateliers, pratique de l'avenir, ça se rapproche des techniques Freinet, paraît-il, ah, oui, pardon, il ne faut pas parler de technique, Freinet, c'est une philosophie, bien sûr, bien sûr, vous alliez où avec Geneviève ainsi, boire un verre, quelle bonne idée, je peux vous accompagner, à moins que je ne vous dérange et que vous ayez des choses intimes à vous confier ? » – Geneviève Coudrier est contrariée, cela ne part pas du tout dans le sens qu'elle souhaitait, c'est le désordre, le chaos, voilà qu'elle se retrouve dans le rôle de l'amante, sapristi, elle se demande comment elle va redresser la situation.

Point d'orgue. Ils arrivent en ébullition dans la voiture 4, faisant se redresser le serveur désœuvré et ils se trouvent face à Gérard Lorrain qui vient d'acheter un café et les regarde arriver avec des yeux ronds comme des billes mais aussi l'ébauche d'un sourire, oui, pour la première fois, il est content de retrouver des collègues et, pourtant, ce ne serait pas eux qu'il aurait choisis d'emblée, Florimont son rival, cette petite allumeuse de Goubert et l'autre commère de Coudrier, tu parles d'une brochette, pourtant, oui, il le sent au creux de son ventre, c'est du plaisir qui s'installe et réchauffe, il ne passera pas ce trajet seul et, qui sait, il pourra peut-être poursuivre la conversation, les importuner tout un après-midi, se coller à leurs emplois du temps, parasiter leurs rendez-vous et ainsi réduire au silence cette voix en lui qui lui intime de se remettre en question, là, maintenant, loin de tout et de tous, regarde-toi en face, Gérard, qui es-tu vraiment ?

On s'attable et on s'agite, les dames hésitent – « Un café à cette heure-ci, mais on ne va plus dormir ensuite, alors un Coca, comme les jeunes, oh mais vous savez Michèle, il paraît que dans le Coca, il y a autant de caféine que dans un vrai café, et que ça énerve pareil, comment Charles ? Ah oui, bien sûr, le Coca c'est l'impérialisme américain et il n'y a que des cochonneries dedans, on le connaît votre discours, comment ça il a raison, alors évidemment, les hommes entre eux, ça se serre les coudes, hein, eh bien Michèle et moi on va aussi se serrer les coudes et on va commander deux Cocas, n'est-ce pas, Michèle, non mais enfin quoi, qu'est-ce qu'ils s'imaginent, qu'on va prendre des tisanes ! »

On rit. C'est étonnant parce que, pris séparément, aucun d'entre eux ne pensait que la situation les pousserait à l'hilarité – mais de façon tout à fait inattendue, ils font contre mauvaise fortune bon cœur et les voilà qui s'esclaffent et qui se mettent à papoter, retrouvant les réflexes de cour de récréation, mais avec cet air de liberté unique qu'apporte avec lui l'Arbalète filant vers Paris.

La plus soulagée, paradoxalement, c'est Michèle Goubert. Depuis le début, elle craint cette escapade autant qu'elle la désire. Elle rêve du corps malingre de Charles contre le sien, puis en rejette violemment l'idée. Elle est un tissu de contradictions, et elle déteste ces tiraillements qui l'empêchent d'avancer. Elle blâme en son for intérieur ses parents pour l'éducation qu'ils lui ont prodiguée. Sa mère surtout, parangon de vertu n'ayant jamais rencontré son mari avant les noces, femme soumise et intègre à la vie sexuelle réduite à une peau de chagrin.

Michèle se dit que c'est fichu maintenant. Il y a trop de témoins, trop d'obstacles, trop de tout, ils ne pourront plus passer la journée ensemble et aller à l'hôtel sous le nom de M. et Mme Florimont. Oh, bien sûr, elle en est désolée, mais elle se sent soudain si allégée qu'elle n'a aucun mal à sourire. À vrai dire, elle trouve parfois que Charles l'idéalise trop. Il la place sur un piédestal, la transforme en statue grecque et ce n'est pas de cela qu'elle a envie. Ce qu'elle voudrait, ce sont des imperfections, des ratés, des maladresses, de la jeunesse, de l'élasticité, de la sueur – pas cette sculpture marmoréenne dans laquelle Charles semble figé. Elle l'ignore, mais elle n'est pas la première à lui adresser ce type de reproche : Charles est le roi de la cristallisation – ses conquêtes le souhaiteraient légèrement plus lucide. Et plus entreprenant, aussi.

Michèle Goubert décide finalement de profiter de ce moment ferroviaire, puisque tout est perdu, fors l'honneur. Elle découvre Gérard Lorrain, qu'elle a toujours craint, sous un autre jour. Il semble nerveux, et fragile – lui qui paraît d'habitude si déterminé, allure militaire, discours péremptoire. Autour de cette table en faux bois, il ne la ramène pas. Et puis il est drôle, ce qu'elle n'aurait pas soupçonné. Il a raconté sa dernière entrevue avec l'inspecteur alors qu'il venait de craquer son pantalon et qu'il tentait désespérément de le cacher, il a mimé la situation, elle en a encore des larmes de rire dans les yeux. Elle sent le genou de Charles contre le sien et, pour la première fois en public, elle se sent détendue. Elle n'a plus rien à craindre de toute façon : sa vie entière sera consacrée à son fils et elle vieillira avec cet André qui a bien voulu l'épouser quand personne ne s'intéressait à elle. Mais elle ne veut pas penser à cela. Elle se redresse. Elle sourit. Elle dit : « On est bien, là, non ? »

Geneviève Coudrier doute. Elle ne se rappelle pas un seul jour de sa vie où elle ait autant douté. Elle a toujours été persuadée d'œuvrer pour le bien commun et de prendre les décisions justes qui s'imposaient. Convaincue aussi d'être une fine mouche et une psychologue hors pair. Pourtant, là, dans ce moment suspendu entre deux gares, elle se gratte le front et doit avouer qu'elle est perplexe. Florimont et Goubert, d'abord. Elle n'est plus aussi sûre qu'ils aillent batifoler, là-bas. Elle a beau les avoir entendus échanger des informations sur la capitale, se sourire en évoquant ce déplacement et les avoir pris en flagrant délit de mensonge, elle ne donnerait plus sa main à couper qu'il se soit déjà passé quelque chose entre eux, ou qu'il se passe quoi que ce soit, d'ailleurs. Un amour platonique. Le problème, avec ce type d'adoration, c'est qu'on n'a jamais aucune preuve, aucune photographie à tirer, aucun baiser volé à saisir, aucune tache de sperme à collecter. Tandis qu'elle doute, une partie inconnue d'elle-même se déplie et se rebelle, *qu'est-ce que tu en as à faire de la vie des autres, ma belle, pense à toi, maintenant, ici, la main de Lorrain qui s'attarde sur le dossier de ton siège, tout près de tes épaules, Lorrain, tu sais, celui qui a rendu folle de bonheur Reine Esposito au point qu'elle a voulu se jeter des toits en criant son nom !* Geneviève sursaute et réprime difficilement un hoquet. En face d'elle, souriants et détendus, Michèle et Charles ne montrent aucun signe d'inquiétude – à croire qu'ils n'ont réellement rien à cacher.

Charles paraît aux anges. Charles est en enfer. Il trouve ce trajet interminable. Il se demande quelle mouche l'a piqué de proposer ainsi à cette infâme Geneviève Coudrier d'aller boire un café au wagon-restaurant – il lui suffit de poser un œil sur elle pour sentir le dégoût l'envahir, une immense vague de nausée contre laquelle il a du mal à lutter. Il avait trouvé ça malin. N'importe quoi. Encore que jamais il n'aurait pu imaginer qu'ils trouveraient Lorrain sur leur chemin. Un Lorrain métamorphosé. Un Lorrain beaucoup plus chat de gouttière que lion flamboyant. Un Lorrain touchant devant lequel, il le sent, ces dames s'apitoient et révisent leurs jugements. Charles a envie de hurler. Et ces gamins dont le cuir chevelu brûle encore le lendemain tant Lorrain leur a tiré les cheveux ? Et ceux dont les oreilles sont rouges tant elles ont été maltraitées ? Et la plainte des parents de Dominique Devoix qui embarrasse tellement l'inspecteur qu'il est venu se confier à Florimont pour en vérifier le degré d'exactitude ? Et cette façon qu'il a de commander pour la fête de l'école, petit Napoléon à la tête de ses troupes, comme si le groupe scolaire était un palais qu'il régentait à sa guise ? Et sa pédagogie si poussiéreuse qu'elle tremble devant la mixité des classes ? Et cette façon de rendre folle la pauvre Reine Esposito, qu'il a presque poussée au suicide ? Évidemment, c'est facile pour Michèle et pour la Coudrier, elles ne travaillent pas avec lui, elles n'ont pas à le subir tous les jours ! Et puis cette façon de lui rendre hommage, à lui, Charles Florimont, qu'est-ce que c'est que cette nouveauté, « non, je sens qu'au fond, c'est Charles qui a raison et qu'il faut que je m'adapte, mais c'est difficile, vous comprenez », pauvre chéri, va le dire à tes ouailles, arrête de chouiner, surtout quand on sait les complots tordus que tu es capable d'ourdir, les coups de téléphone mielleux à l'académie pour vérifier que j'ai bien le droit d'organiser ce déplacement à Versailles ou cet échange avec mon collègue d'Avignon, heureusement que j'ai l'Inspection dans la poche, tu as raison, Lorrain, tu es foutu, ton heure a sonné, tu vas te retrouver avec la justice sur le dos et la liste de tes méfaits est longue comme le bras, oh, je ne me berce pas d'illusions, je sens bien qu'on va te trouver une porte de sortie, un poste dans un bureau quelque part, à la bibliothèque de l'école normale d'instituteurs, c'est ce qu'a récolté Jean Garnier quand on a commencé à vraiment parler de son comportement tendancieux avec les gamins de CM2, un poste à la bibliothèque, toi qui ne lis jamais rien que des livres de photos sur la nature, de quoi dépérir en paix et réfléchir sur ton sort – et seul, surtout, plus aucun collègue à rabaisser et humilier, et plus aucune femme à qui faire tourner la tête, plus aucune innocente victime en train de courir nue le long des murs en briques – les oubliettes, c'est tout ce que tu mérites, les oubliettes.

De Gérard Lorrain, en revanche, on saura peu de chose. Il s'est tellement ouvert sur le monde en si peu de temps qu'il se dilate comme un ballon trop gonflé. Il est en pleine floraison. Il a envie de les toucher, les trois autres, et il ne s'en prive pas. Il a tapoté la main de Florimont en lui envoyant des brassées verbales d'amour. Il n'a pas osé entrer en contact avec Michèle Goubert qui, en fait, lui a toujours inspiré du respect et une certaine crainte, parce qu'elle a été la première à avoir été adoubée directrice d'école dans le groupe scolaire, mais il ne cesse de lui sourire. Quant à Geneviève Coudrier, la main qu'il a laissée quelques secondes de trop dans son dos le brûle encore – il n'a qu'une envie : y retourner. Et puis ces rires – lui-même en est choqué. Il ne sait plus depuis combien de temps il n'a pas provoqué l'hilarité des autres. En bivouac ou quand ils dorment à la belle étoile dans les grands espaces naturels, c'est Serge qui se charge des blagues et il y a toujours quelqu'un qui dit, au moment de se coucher : « Ah là là, ce Serge, c'en est un sacré, tout de même ! » Gérard, non. Gérard, il est sérieux. Il alimente le feu, vérifie la position des astres, surveille le campement. Il agit comme un père. Un responsable. Or là, dans ce wagon-restaurant, il a déposé son fardeau. Il se libère. Il se demande s'il ne devrait pas rendre visite à Reine Esposito pour la remercier – mais il se ravise. Non. Étant donné l'état de la malheureuse, ce ne serait pas une bonne idée.

Gérard soupire d'aise mais le contrôleur, en crachotant dans son micro qu'on est bientôt arrivés à Paris-Est, le terminus, le ramène brutalement à la réalité. Il s'affole : une demi-journée à tuer à Paris, s'il reprend le prochain train en sens inverse qui ne roule qu'en fin d'après-midi. Que va-t-il donc faire ? Marcher dans les rues, lui qui déteste le monde, la foule, le bruit, la circulation ? Il sent son cœur s'accélérer et se demande s'il ne va pas se trouver mal et tomber aux pieds de ses nouveaux compères. D'une voix presque plaintive, il pousse ses investigations. N'y aurait-il pas une petite place pour lui dans leur journée ? Ah, Florimont, non, bien sûr, il faut être du sérail pour être reçu à la réunion des Freinétistes. Lorrain avance timidement : « Même si je dis que je viens pour me renseigner parce que cela m'intéresse mais que je n'ose pas me lancer ? » mais Florimont lui décoche une œillade noire qui le réduit au silence. Michèle Goubert non plus, bien sûr, la maternelle, ce n'est pas son domaine, d'ailleurs n'a-t-il pas déjà déclaré que la maternelle, ce n'était pas vraiment de l'école, c'était davantage de la garderie ? rappelle-t-elle dans un demi-sourire. Justement, rétorque-t-il, il pourrait faire amende honorable et il apprendrait sans doute beaucoup au contact de ces institutrices confirmées qui manient le découpage et le collage à la perfection. Non ? Vraiment ? Et vous, Geneviève ?

Geneviève Coudrier est tétanisée. Elle vient de proposer à Gérard Lorrain de l'accompagner chez cette sœur avec laquelle elle n'a pas rendez-vous. Et de laisser filer les deux tourtereaux qui n'en sont peut-être pas. Elle ne comprend pas ce qui l'a prise. Elle rougit en se rendant compte du lapsus grammatical qu'elle vient de commettre. Elle ne se reconnaît plus.

QUATRIÈME PARTIE

ÉTÉ

1

La fête

La classe des CM2 de Mme Joyeux entre en scène. Les filles – accompagnées des rares garçons de ce groupe, car Mme Joyeux a elle aussi décidé d'aborder la mixité avec parcimonie et circonspection, sont toutes (tous, donc, puisque le masculin l'emporte, ce dont Mme Joyeux ne doute pas) habillées de maillots blancs que Mme Joyeux se refuse à nommer « tee-shirt » puisque le terme n'est pas français, et de robes ou de pantalons noirs.

Les filles sont gracieuses, les garçons empruntés. Ils se postent à l'arrière de la scène et leurs parents commencent à grogner : comment vont-ils réussir les photos avec leur Instamatic de Kodak si la prunelle de leurs yeux est reléguée au fond ? Le programme, acheté cinquante centimes par les spectateurs (mais avec la possibilité non négligeable de gagner un électrophone de marque Grundig si le numéro tiré au sort en fin d'après-midi correspond à celui du programme que l'on a entre les mains), indique que les enfants évolueront sur *Le Chœur des esclaves* tiré de l'opéra *Nabucco*, dont les radios se sont beaucoup fait l'écho récemment. Marcelle Joyeux est obligée de se tamponner les yeux chaque fois qu'elle entend cette cantate et les voix qui se mêlent aux instruments. Elle l'a écoutée l'année dernière à Paris chantée par les chœurs de l'Armée rouge et, bien qu'elle ne soit pas de gauche, elle doit reconnaître que c'est son âme entière qui a été aspirée par ce morceau. Il correspond exactement à cet appel à la liberté qu'elle ressent au plus profond de son être, et lui rappelle feu son père, grand résistant, dont ces saletés de communistes ont souillé le nom, allant même jusqu'à prétendre qu'en fait de combattant, il aurait plutôt été du genre planqué, voire collabo. Marcelle Joyeux sent encore la morsure de la honte et elle se redresse de toute sa haute taille pour laver l'honneur de la famille et, par un mouvement de tête autoritaire, intime à Benoît Lechange, chargé du son et des lumières, de lancer la bande-son qui se met à crachoter dans les haut-parleurs tandis que les filles à couettes et à queue-de-cheval (« tous les cheveux attachés, mesdemoiselles, a hurlé Marcelle Joyeux lors des répétitions, je ne veux pas de mèches folles, on n'est pas des dévergondées ! ») font osciller leurs bras au-dessus de leurs têtes dans un ensemble bien rodé qui ravit les parents, exemple immuable de ce qu'ont été, sont et seront les grands raouts scolaires du mois de juin – le point d'orgue d'une année d'apprentissage au cours de laquelle l'art n'aura pas été oublié puisque depuis des semaines ces enfants apprennent à allier musique (classique, s'il vous plaît) et savante chorégraphie. La fête d'école, c'est le symbole de la permanence des valeurs éducatives, se dit Marcelle Joyeux qui s'autorise un sourire devant le couple de pharmaciens dont la fille Isabelle a été placée au tout devant de la scène pour pouvoir être mieux admirée.

Et tandis que Marcelle Joyeux surveille tous les mouvements, n'hésitant pas à lancer des regards noirs à celles ou ceux qui ne seraient pas en rythme ou qui, tétanisé(e)s, oublieraient leurs pas, tandis que Marcelle se transforme donc en maître de ballet, se rêvant Lully à Versailles – eh bien, le monde change.

La preuve la plus évidente en est à trouver dans la nouvelle génération d'élèves et d'enseignants. La jeune Bettina Calvert, par exemple, qui officie à la maternelle même si ce n'est que de façon temporaire. Bettina Calvert porte des pantalons rouges et des pulls d'un vert criard. Elle rit fort dans les couloirs, y compris avec les enfants, qui la suivent en étant plus ou moins rangés, plutôt moins que plus d'ailleurs. Elle fume des cigarettes américaines avec filtre et, dans l'Austin Mini orange qu'elle conduit à vive allure, écoute toutes vitres baissées cette musique qu'on entend de plus en plus à la radio, une sorte de rythme binaire qui vrille les tympans et qui, paraît-il, fait fureur dans les discothèques du nouveau continent.

C'est justement un de ces morceaux dont elle se repaît qu'elle a décidé au dernier moment de présenter pour la fête de l'école. Une chanson en anglais – ce qui brise tous les codes et occasionne des haut-le-cœur à Marcelle Joyeux. *De l'anglais, à une fête d'école, eh bien, on aura tout entendu.* Les petites victimes – les moyennes sections, ils ont quatre ou cinq ans, ils sont trop jeunes pour comprendre qu'on les manipule et qu'on tente de leur imposer une culture étrangère, ou plutôt une absence de culture quand on entend sur quoi ils vont se trémousser – improvisent une chorégraphie sur le tout récent titre d'un groupe au nom improbable – Boney M – pourquoi pas Bonnet C pendant qu'on y est ! Sur la pochette du disque, une sorte de nain noir à la crinière hirsute assis devant trois dames à la peau également foncée arborant des boas colorés. Et ce refrain idiot, *Daddy, daddy cool* – comme si les pères pouvaient être *cool*. Les pères sont autoritaires et parfois injustes – ils peuvent, si bon leur semble, se montrer également magnanimes, mais certainement pas *cool*, si ce terme recouvre bien ce qu'ont expliqué ceux qui maîtrisent un tant soit peu la langue de Shakespeare, *cool*, c'est-à-dire laxistes, en gros.

Ce qui atterre Marcelle Joyeux, c'est que cette écervelée de Michèle Goubert semble approuver. Depuis quelque temps, Bettina Calvert et elle s'entendent comme larronnes en foire. On les aurait même vues tenter de faire le parcours de santé que la municipalité vient d'installer derrière les courts de tennis, près de la piscine. Et elles riaient, rapporte-t-on, à gorge déployée. Marcelle Joyeux, comme beaucoup d'autres (car elle a évoqué avec ses collègues cette attitude indigne d'une enseignante, fût-elle de maternelle), est outrée. Bettina Calvert a vingt-cinq ans alors que Michèle Goubert en a plus de quarante, même si elle pousse la coquetterie jusqu'à prétendre que son compteur est bloqué à trente-neuf. L'une pourrait presque être la mère de l'autre. Il serait temps qu'André Goubert remette un peu d'ordre dans son couple. Certes, on sait qu'il a le verbe fort et peut-être la main leste – encore qu'on n'ait jamais eu de preuves formelles – mais on ne peut pas lui retirer ses qualités d'organisateur. Marcelle Joyeux lui trouve même un certain charisme, avec son collier de barbe et ses yeux bleu acier qui font penser à Maurice Béjart. Dommage que, comme pour le chorégraphe renommé, il se soit négligé ces dernières années et qu'un embonpoint disgracieux gâche sa silhouette.

Justement, tandis que les chœurs de *Nabucco* emplissent la cour de l'école des filles où a été dressée la scène, tandis donc que les jupes noires s'agitent et que les maillots blancs aveuglent les spectateurs de cette chorégraphie léchée et pointue que Marcelle Joyeux vit de tout son être, voilà que la classe de Bettina Calvert traverse la cour et se regroupe vers l'arrière de l'estrade.

Charles Florimont adresse un sourire bref à Bettina Calvert, qui lui rend le même type de grimace. Ces deux-là devraient s'adorer parce que, au fond, ils militent pour une plus grande autonomie des élèves et pour une école moins coercitive, mais en fait, ils ne s'apprécient guère. Florimont parce qu'il ne connaît pas les amitiés féminines et qu'il craint que Michèle n'ait dévoilé à sa nouvelle amie des détails scabreux qui mettraient en danger son couple et sa réputation ; Bettina Calvert parce qu'elle trouve qu'il n'est vraiment pas assez bien pour Michèle et que, en plus, il lui fait miroiter un divorce qui ne se produira jamais. Bettina a déjà rencontré la femme de Florimont, qu'elle a d'ailleurs trouvée tout à fait charmante, et elle a bien remarqué à quel point Florimont filait droit en sa présence. Il n'est pas à exclure non plus que Bettina ait développé à l'égard de Michèle des sentiments plus troubles qui biaisent son jugement, mais ni Michèle ni elle n'en sont probablement conscientes pour le moment. Elles s'amusent beaucoup, toutes les deux. Michèle s'étonne de rire autant avec une gamine et se dit qu'elle est née deux décennies trop tôt. Elle aurait adoré avoir dix-huit ou vingt ans aujourd'hui, quand les femmes secouent leur joug, luttent pour l'IVG et prennent leur destin en main.

Le regard de Michèle s'attarde sur Charles Florimont. Elle éprouve toujours beaucoup de tendresse pour lui. Elle trouve encore qu'ils auraient sans doute formé un très beau couple, passionné et vivant, s'envolant pour l'autre bout de la planète et défendant les ouvriers exploités d'Amérique du Sud ou ces pauvres Vietnamiens fuyant le nouveau régime sur des bateaux de fortune. De la tendresse, oui, énormément. Pour le reste, Paris a refroidi leurs ardeurs – les siennes en tout cas. Elle n'aurait jamais cru que ce soit possible. Elle ne peut repenser à ce week-end-là sans pincer les lèvres et froncer les sourcils. Un fiasco. Un vrai fiasco.

Michèle s'est penchée de nombreuses fois sur les raisons de la débandade. Elle pense que Charles, en l'idéalisant, a sacralisé son désir. Et puis il y a eu l'intrusion de Geneviève Coudrier et de Gérard Lorrain. Ils ont eu du mal à les semer, ce jour-là. Lorrain insistait pour qu'ils prennent un dernier café ensemble chez Doucet, en face de la gare de l'Est. Il ne voulait pas, disait-il, quitter trop abruptement ses nouveaux amis et avait promis de les inviter tous chez lui dans le mois à venir.

Il a fallu ruser. Charles s'est rendu aux toilettes, a déchiré une page de l'agenda qu'il porte toujours dans la poche intérieure de son manteau et a griffonné un lieu et une heure de retrouvailles, quarante-cinq minutes plus tard, devant le café-restaurant *La Gentilhommière*, sur la place Saint-André-des-Arts. C'est le premier endroit qui lui a traversé l'esprit, et il ne s'est pas appesanti sur le fait que c'était également là que Gabriella, dont il était follement amoureux quand il était étudiant à Paname, fixait leurs rendez-vous. Il est ensuite parvenu à glisser le billet dans la main de Michèle. Cela aurait dû être terriblement romantique. Cela aurait dû faire battre le cœur et causer des frissons d'anticipation, mais Michèle a seulement soupiré. Elle en avait déjà assez de cette comédie dont elle ne voyait plus que le côté puéril. Elle prévoyait aussi. S'ils devenaient tous les deux des amants réguliers, alors il faudrait mentir, broder, modifier sans jamais se recouper – elle en était épuisée d'avance. Si on lui avait demandé à ce moment-là comment elle définirait une vie idéale, elle aurait instinctivement répondu « sans hommes ». Voilà. Une existence célibataire, où l'on pouvait aller et venir à sa guise, découvrir la capitale en solitaire, s'attabler à un restaurant avec un roman ou un magazine et où personne, jamais, n'exigeait de vous quoi que ce soit.

Charles n'était pas du genre à exiger, bien sûr. Mais son corps était tendu vers l'accomplissement du désir et Michèle saisissait bien que, dans les différents scénarios qu'il bâtissait avec elle, elle était à la fois une déesse intouchable et la dernière des traînées, et surtout qu'elle n'avait finalement qu'un rôle secondaire. Elle était de celles qui permettaient au héros de parfaire son tableau et de briller de mille feux.

Elle aurait pu suivre ses envies et disparaître, seule, dans les rues. Elle aurait erré du côté de Montmartre. C'est probablement le quartier qu'elle aime le plus à Paris, mais elle reconnaît volontiers qu'elle n'est pas une référence. Elle ne s'est rendue dans la capitale que cinq fois en tout. La première visite, avec une amie, alors qu'elle débutait dans le métier d'institutrice et qu'elle avait décrété qu'on ne pouvait pas enseigner l'histoire et la géographie aux élèves sans être allée au moins une fois à Notre-Dame. Trois autres avec André, dont deux avec Philippe, mais c'était déjà loin. Son dernier périple remontait à trois ans, avec sa cousine Gisèle. Elle en était revenue nostalgique des existences qu'elle ne vivrait pas. Et cette escapade, donc. Cette escapade qui devenait de plus en plus ridicule.

Ce baiser furtif lorsqu'ils se sont retrouvés devant *La Gentilhommière*. Il avait dû craindre d'avoir mauvaise haleine et il avait mâché un chewing-gum à la menthe très puissant, très chimique – elle a eu un très léger mouvement de recul, il l'a presque anesthésiée. La promenade nerveuse qui a suivi. Elle avait rêvé d'une balade détendue, de rires à gorge déployée, de pas de danse esquissés. Elle s'en veut. Elle se reproche de s'être laissée aller à un romantisme déplacé – la vie comme une comédie musicale hollywoodienne, alors qu'elle n'aurait jamais été choisie pour incarner le rôle principal d'un long métrage de ce genre. Charles non plus, d'ailleurs. À la limite pour un mauvais film d'espionnage, tant il se retournait sans cesse, persuadé que Coudrier ou Lorrain les suivaient et que tout ceci n'était qu'un énorme piège. Il a voulu se rendre directement à l'hôtel. Il s'y sentirait plus en sécurité, prétendait-il. Elle a rougi en entendant le nom « Monsieur et madame Florimont » et le concierge lui a adressé un sourire complice – elle reste persuadée qu'il les a démasqués. Il doit être habitué à ce genre de stratagème.

Pas elle.

D'emblée, elle saisit tout le grotesque de leur situation. Charles est déjà venu dans cet établissement. C'est ici qu'il dort quand il vient retrouver ses collègues freinétistes. La chambre manque cruellement de charme, avec sa fenêtre qui ferme mal et sa moquette rapiécée. Une pièce de vingt centimes, oubliée sous la table de nuit, prouve si besoin est que le ménage a été effectué à la va-vite. Deux carreaux manquent dans la douche, dont le tuyau fuit au niveau du pommeau. Dehors, l'arrière du bâtiment, le local à poubelles. Au loin, quand même, la tour Eiffel, mais grignotée par les toits et comme réduite au silence.

Tout est maladroit. Charles demandant si elle veut passer aux toilettes, avant. Charles et ses sous-vêtements d'un autre âge, alors que Michèle se fait un point d'honneur d'acheter à André et à son fils des slips à la mode, aux couleurs vives et aux élastiques impeccables. Les premières caresses interrompues parce que c'est trop étrange de se retrouver là, tous les deux, dans cet après-midi parisien qu'on a rêvé plein de découvertes culturelles. Les lunettes de Charles qui gênent et qu'on dépose sur la table de nuit, sauf qu'ensuite, il est vraiment embarrassé, il cligne des yeux, il plisse le front, il paraît plus vieux que d'habitude, elle n'aurait jamais pensé qu'il était si myope.

La paralysie de Charles, surtout. Il est tétanisé, et elle pense brièvement à la Victoire de Samothrace qu'elle aurait aimé revoir, dans les escaliers du Louvre. Elle prend les choses en main – puisqu'on en est là, autant aller jusqu'au bout – mais cela aussi, c'est un impair. Charles se vexe et paraît presque choqué. Il a au fond de lui ce côté emprunté des majordomes britanniques ou des bourgeoises provinciales du XIXe siècle qui découpaient le monde en deux parties égales – ce qui se fait, ce qui ne se fait pas. Alors, il y a tous ces froissements de draps bien peu romantiques, ces bruits de succion incongrus, ces rougeurs qui n'expriment pas de désir. Michèle décide au bout de presque quarante-cinq minutes d'agitation diverse et globalement molle que point trop n'en faut, que tout cela n'est pas si grave, que de telles déconvenues arrivent à tout le monde, bref, que nous n'allons pas en faire une histoire, il suffit de prendre l'air, de profiter de cette demi-journée parisienne comme nous en étions convenus et les choses rentreront ensuite naturellement dans l'ordre et dans les orifices prévus à cet effet. Charles baisse la tête et se plie aux ordres, mais il se conduit pendant le reste de l'après-midi comme un enfant grondé par la directrice, n'hésitant pas, une fois, à shooter dans un petit chien qui passe à sa portée, petit chien dont la propriétaire se met à raison à pousser des cris d'orfraie tandis que Michèle le tance à coups de « Enfin Charles ! » qui accroissent le malaise ambiant. Michèle veut voir le Louvre mais elle trouve les bâtiments bien sombres et bien sales. Elle les aurait aimés plus pimpants, remis au goût du jour. Elle se demande ce qui pourrait bien redonner du lustre à ce musée – il faudrait oser de la modernité au sein de toute cette architecture classique, quelque chose qui éclaire, qui agrandisse, qui rehausse. Elle se promet d'y réfléchir tandis qu'ils prennent place dans la queue. L'après-midi est déjà bien avancé et ils n'ont que peu de temps à consacrer aux chefs-d'œuvre qui s'alignent dans les salles dans une profusion décourageante. Ils courent jusqu'à la Joconde et manquent la rater. L'humeur de Charles reste sombre. Il préfère, chipote-t-il, la peinture plus moderne, les taches de couleur, Pollock, Fontana, Mathieu, *La Bataille de Denain*, des tableaux qui permettent qu'on invente l'histoire qui s'y joue et devant lesquels on est actifs, voilà, acteurs et pas simplement spectateurs comme devant cette femme qui se penche sur son ouvrage, d'accord, c'est bien dessiné, c'est bien peint, avec beaucoup de détails et de minutie, mais enfin, impossible de se glisser dans cette toile, on reste extérieur, un point c'est tout.

Michèle est surprise de le découvrir aussi péremptoire et aussi ignare. Elle aime beaucoup ce tableau, elle. Elle n'est pas très calée en peinture, alors elle ne s'exprime pas sur ce qu'elle voit, mais ces salles-là, celles consacrées à la peinture flamande et hollandaise du XVIIe siècle, sont ses préférées. Particulièrement cette ouvrière qui semble si absorbée par ses travaux de couture qu'elle en oublie le monde autour. Elle se remémore sans doute ses amours passées. Non, elle imagine des voyages à venir plutôt. On rêve tous de voyages, non ? Ce à quoi elle songe, elle, en écoutant le discours de celui qui n'est pas encore techniquement son amant et qui ne le sera peut-être jamais, c'est qu'elle aimerait marcher au bord de l'océan en ce moment.

Elle laisse dériver ses pensées. Elle s'en veut de n'avoir jamais appris à nager. Ses parents venaient des montagnes et n'avaient que l'agriculture en tête. Il n'y avait pas de piscine municipale à proximité, ni de lac – et puis de toute façon, se déshabiller devant les représentants du sexe opposé aurait été mal vu. Quelle pudibonderie ! Quel temps perdu ! Voilà pourquoi elle n'a jamais vraiment profité de ces vacances dans la station balnéaire landaise où ils se rendaient en famille quand Philippe était petit. Ils avaient loué le même appartement trois ans de suite et puis plus rien. Ils avaient prétendu que c'était une question d'argent, que maintenant les agences de location ne proposaient leurs biens que par quinzaine et qu'ils n'avaient pas le budget pour, mais ce n'était pas vrai. André détestait la mer, ces heures étendues sur le sable à rêvasser et à compter le nombre de bouteilles en plastique en provenance d'Espagne qui s'échouaient sur le sable. Il lui fallait de l'action, des défis, une saine dépense physique. Et elle, eh bien, elle s'inquiétait quand Philippe jouait dans les vagues – n'allait-il pas se noyer, se faire piquer par une vive, s'enfoncer une boîte de conserve rouillée dans la plante des pieds ? Ils avaient opté pour une destination différente – de fait, leurs vacances se déroulent exclusivement chez les parents de Michèle désormais. L'indéniable avantage, c'est qu'on n'a rien à payer, même si en contrepartie il faut participer aux travaux des champs. Philippe lui en tient rigueur. Chez ses grands-parents, il reste cloîtré dans la pièce du bas, à écouter la radio et à dresser des hit-parades personnels. Occasionnellement aussi, il avale un roman d'Agatha Christie. Elle l'a même retrouvé en août dernier, par plus de trente-cinq degrés, enfermé dans la voiture à écouter la cassette qu'ils avaient achetée dans la station-service, avant de partir. Un groupe anglais. Une drôle de pochette – une paire de mains tentant d'ouvrir un soupirail en acier, au milieu d'un ciel étoilé. Elle s'est demandé si elle ne devrait pas l'emmener chez un psychologue. Il est curieux, tout de même.

Mais tout va changer maintenant. Elle a clairement vu la direction qu'elle devait prendre, ce jour-là, à Paris. Tandis qu'elle contemplait une dernière fois le Vermeer et sa dentellière concentrée sur sa tâche, ses résolutions se sont raffermies et se sont transformées en un de ces mantras indiens que Nicole Desplanques aime tant depuis que sa route a croisé celle du yoga. Elle va apprendre la brasse et même le crawl. Elle reprendra des leçons de conduite. Elle a obtenu le permis il y a presque quinze ans mais n'a jamais tenu le volant (à part pour tenter de sauver la peau de Charles, le jour de la piqûre de guêpe), André ne supportant pas de se voir rabaissé au rang de simple passager. Elle participera aussi à ces ateliers d'aquarelle où elle n'a jamais osé mettre les pieds. L'été, dans le jardin public, elle sortira sa palette et son chevalet. Elle se moquera des avis. Elle ne déménagera pas, non, même si elle doit vivre seule. Tant pis pour ce pavillon qu'ils ont projeté de faire construire dans les Pyrénées-Atlantiques, près de la ferme de ses parents. Ce logement de fonction qu'ils occupent tous les trois, elle ne le doit qu'à son travail acharné ainsi qu'à cette façon très personnelle de séduire à la fois les parents d'élèves et ses supérieurs hiérarchiques par la grâce de son sourire et de cet accent du Sud-Ouest qui émaille encore ses phrases et qu'elle n'entend plus éradiquer. Libre. Voilà. Elle sera une femme libre. Sans aucun homme pour l'appesantir.

Le reste du week-end a été à l'avenant. Le grand moment romantique imaginé – un repas dans un petit restaurant gastronomique caché dans une de ces ruelles de Paris qui recèle encore des trésors – s'est échoué sur le seuil d'une trattoria où la pâte à pizza était décidément trop cuite et la garniture bien trop rare. Les subséquentes tentatives charnelles ont été aussi décevantes que celles de l'après-midi et d'autant plus frustrantes qu'à l'étage au-dessus un couple s'en donnait à cœur joie. À deux heures du matin, ils ne dormaient ni l'un ni l'autre – et Charles s'est levé précipitamment pour vomir, une indigestion globale de cette journée de décristallisation forcée. Au retour, Michèle a été contente, finalement, de trouver le train bondé : ils avaient réservé des sièges dans des voitures séparées et ne sont pas venus à la rencontre l'un de l'autre de tout le trajet. Comme convenu, elle est descendue très vite et s'est engouffrée dans la voiture d'André qui attendait, impatient, grillant cigarette sur cigarette – il s'était rendu compte pendant ces quarante-huit heures à quel point s'occuper d'un enfant et de la maison pouvait être pénible ; il avait même dû renoncer à ses colonnes de chiffres et aux petits verres d'alcool qui les accompagnaient. Il était d'une humeur exécrable mais comprenait qu'il devait se contrôler s'il ne voulait pas que cette mésaventure se reproduise. Il s'est montré charmant ce soir-là, ainsi que toute la semaine suivante.

Charles, lui, est sorti du train dans les derniers et, sans se presser, s'est dirigé vers son véhicule. Il n'avait pas envie de rentrer. Il a caressé l'idée de tout plaquer là, de devenir un héros de roman qui partirait réenchanter sa vie à l'autre bout du monde. Cuba. Vietnam. URSS. Dans un pays où il pourrait mourir pour une noble cause. En se garant devant son pavillon, les mains sur le volant et le regard perdu dans l'obscurité de cette rue assombrie par la pluie fine qui commençait à tomber, il s'est brièvement demandé ce qu'il advenait de Geneviève Coudrier et de Gérard Lorrain.

2

La fête (bis)

Ils sont là, bien sûr. Hiératiques. Dans la cour de l'école. La mine aussi sévère que d'habitude. Les lèvres pincées. Le pied battant le bitume. Piaffant d'impatience. Qu'on en finisse avec le carnage organisé par Bettina Calvert, ces gamins qui s'agitent dans tous les sens sur une musique de boîte de nuit, aucune discipline, aucun ordre, une honte – et le pire, c'est que les parents, perplexes au début, semblent gagnés par une sorte de fièvre et applaudissent maintenant en rythme tandis que les mômes multiplient les gestes anarchiques et les éclats de rire incontrôlés.

Leurs narines frémissent de concert, à une trentaine de mètres d'intervalle. Ils sont sur la même longueur d'onde, mais ils ne le savent pas car ils ne se regardent pas. Les élèves passent devant eux en baissant la tête, craintifs et respectueux. Les parents les saluent d'un bref sourire. Tout est rentré dans l'ordre. Seul petit accroc au tableau, Geneviève Coudrier s'est laissée aller à enfiler une robe de saison, un coton imprimé sur lequel figurent des pastèques, des ananas et des noix de coco – une débauche tropicale qui jure avec son air impitoyable. En cherchant bien, on pourrait aussi remarquer qu'avec son pantalon de velours côtelé habituel, Gérard Lorrain porte pour la première fois des chaussures qui semblent confortables et pas ces richelieus qui lui enserrent le cou-de-pied d'habitude. Les richelieus, il faut le savoir, sont reconnus, chez les garants des règles d'élégance masculine, comme le modèle le plus chic puisqu'ils n'ont presque pas de coutures apparentes. Gérard Lorrain, qui, sous d'autres latitudes, ne quitte jamais ses gros godillots de randonnée et d'escalade, aime, une fois de retour dans son rôle de directeur d'école, meurtrir ses talons et ses voûtes plantaires en les emprisonnant dans ce laçage serré empêchant toute respiration. Or, aujourd'hui, Lorrain arbore des semelles de crêpe et une paire de mocassins tendance sportswear qui dénotent un changement subtil, que personne ne remarque, évidemment, puisque tous les yeux convergent vers la scène que les enfants et leur institutrice adepte de musique de sauvages viennent de quitter pour laisser place aux traditionnelles poésies déclamées à plusieurs voix, marque de fabrique de la classe tenue par Geneviève Coudrier – une performance applaudie par Marcelle Joyeux qui reconnaît là l'enseignante responsable et gardienne des lettres et des trésors de la langue française.

Dans sa robe d'été, Geneviève Coudrier frémit

– et aujourd'hui, ce ne sont pas les imperfections éventuelles, horreurs lexicales, confusions grammaticales qui lui hérissent les poils. Que nenni. Cette fois, Geneviève Coudrier se laisse pénétrer par les ors du style et l'implacable beauté des vers. Auprès de La Fontaine, elle devient ce roseau qui plie sous les assauts du vent. Elle imagine son corps soumis aux éléments violents tandis qu'elle résiste, fière et imperturbable, courbant à peine l'échine sous les courants d'air. Pour Verlaine elle est cette âme aux paysages choisis où s'en vont dansant masques et bergamasques (la petite Marie-Dominique Lepreau articule fort bien, par ailleurs, et ne commet aucune erreur qui puisse gêner la compréhension, note un coin du cerveau de Geneviève, qui n'a pas encore totalement perdu le nord). S'ensuivent des visions de Venise, de loups, de costumes et de paravents derrière lesquels Geneviève ne s'aventure pas, parce que, brutalement, la voilà qui rougit et revient à la réalité de ce samedi après-midi de juin. Au beau milieu de la foule, elle vient de remarquer Gérard Lorrain et de s'apercevoir par le même coup qu'il semble hypnotisé par sa Belle Dame Sans Merci (car c'est ainsi que Geneviève aime à se portraiturer depuis peu) et lui adresse même un petit sourire coquin. Geneviève tapote nerveusement le collier en perles vertes qu'elle n'avait pas porté depuis le mariage de sa cousine et qui, dit-on, rehausse la clarté de ses yeux. Elle se concentre avec difficulté sur les alexandrins et les octosyllabes qui sortent de la bouche des enfants et rendent leurs parents radieux – même si certains jettent par moments des coups d'œil agacés à leurs montres.

Elle revoit sa montre à lui, sur la table de chevet. Ses cheveux blond-roux en désordre. Sa poitrine bien plus développée et impressionnante qu'elle ne le paraît sous les chemises et les pull-overs. Pas étonnant que Reine Esposito – pauvre femme – ait perdu la tête si, comme il le prétend, il a sans doute commis l'erreur une fois de se changer après une averse particulièrement violente, alors qu'elle traînait dans les environs.

Il dormait, les traits apaisés, un sourire s'attardant encore sur ses lèvres. Il ressemblait à un enfant repu. Il pouvait. Il y avait mis tant d'ardeur et tant de bonne humeur. Elle en avait été bouleversée. Ainsi, c'était donc vrai, ces racontars. Sauf qu'elle était, elle le devinait, la seule à part son épouse à le connaître si intimement. Elle avait chassé l'image de Janick. Elle ne l'avait jamais tellement aimée, de toute façon. Sous ses allures de brave fille, c'était une ambitieuse qui n'hésiterait pas à marcher sur son prochain – et notamment sur son mari – pour réussir.

Geneviève aurait dû avoir honte. Elle avait été élevée dans le respect des liens sacrés du mariage et dans la détestation de ces pécheresses qui venaient les rompre en attirant dans leurs filets les époux vulnérables. Elle était étonnée de ne ressentir aucune culpabilité. Ils avaient beaucoup parlé avant, allongés l'un contre l'autre. Elle était d'ailleurs persuadée qu'il ne se passerait rien – elle serait son amie, sa confidente, cette sœur qu'il n'avait jamais eue. Avec Robert, c'était très différent. L'acte était vite consommé – il s'agissait davantage de la satisfaction de besoins immédiats, uniquement masculins. Alors que Lorrain – parfois, même mentalement, elle n'ose l'appeler Gérard parce qu'elle ressent alors une fine bruine de désir parcourir son corps – se montrait patient (un peu trop même parfois), lent (même remarque) et attentionné. Il était parvenu à abattre toutes ses barrières, elle qui, depuis longtemps, se sentait laide et grasse, et qui pensait ne pouvoir attirer aucun regard à part celui, quasi bovin, de son mari – et encore, lorsqu'ils s'accouplaient, Robert fermait les yeux et elle n'avait pas envie de savoir à qui il pensait.

Ils se sont lovés dans la chair de l'autre jusque tard dans la nuit et ce n'est qu'au petit déjeuner que l'incongruité de la situation leur a sauté aux yeux. Ils ne savaient pas comment se comporter l'un avec l'autre. Gérard est allé téléphoner à Janick pour développer le message qu'il lui avait laissé sur la table de la cuisine la veille. Il a expliqué qu'il avait besoin de prendre l'air. Avec toute cette histoire de Reine Esposito, il avait l'impression de ne plus savoir qui il était. Janick a compati, bien sûr – elle s'est aussi emportée contre cette idiote de Reine qui ne se rendait pas compte à quel point elle mettait leur couple à l'épreuve. Gérard a soupiré – il rentrerait dans la journée. Ce serait peut-être bien qu'ils se prévoient des vacances, juste tous les deux, non ? Ils mettraient Baptiste chez ses grands-parents. Où aurait-elle envie d'aller ? Le Sahara ? Vraiment ? Il avait toujours cru qu'elle détestait les déserts !

En raccrochant, Janick s'était dit que finalement d'un mal pourrait peut-être sortir un bien. Elle n'avait pas fulminé en découvrant son mot écrit à la va-vite, la veille. Elle avait même été soulagée. Baptiste était invité chez les Lespinasse (où il espérait avant tout recevoir des conseils de Nathalie sur le comportement à adopter avec les filles). Elle s'était retrouvée seule. Elle avait été chercher le Martini rouge dans le buffet, avait découpé une orange dont elle avait déposé une tranche sur le bord du verre – un *drink*. Un *long drink*. C'est tout ce à quoi elle aspirait. Elle avait besoin de réfléchir. Cet après-midi-là, M. Bonnafond l'avait convoquée dans son bureau. Il lui avait parlé du classeur qu'elle lui avait confié la semaine précédente – celui qui contenait les croquis des tenues qu'elle dessinait et dont elle imaginait le tissu, à ses heures perdues. Il avait hoché la tête en la fixant silencieusement pendant quelques secondes puis avait lâché qu'elle avait du talent. Il avait demandé l'avis d'une amie, styliste pour une boîte concurrente, et elle avait été très impressionnée. Bonnafond avait voulu savoir d'où lui venaient ces prédispositions. Elle avait souri – elle ne supportait pas sa canine droite, en haut, qui était dévitalisée et avait perdu de son éclat – et avait répondu de sa mère, sans doute. Elle était couturière, avant de rencontrer son père. Elle commençait à se faire un nom dans le voisinage et au-delà quand elle était tombée enceinte. Le père de Janick ne souhaitait pas qu'elle développe sa propre affaire – les enfants devaient être la priorité. Elle s'était sacrifiée. Elle en parlait sans aucune émotion dans la voix. Elle n'en était ni fière ni révoltée. Elle était à moitié morte. Janick revoyait les yeux délavés de sa mère qui fronçait le nez en disant, avec cette voix un peu pâteuse qui était devenue sa principale caractéristique : « Parfois, c'est comme ça, on fait avec. »

Bonnafond l'avait écoutée en plissant les yeux, et Janick avait songé au serpent Kaa dans *Le Livre de la jungle*. Elle avait du coup eu une pensée pour Baptiste avec lequel elle était allée voir ce dessin animé. Elle était consciente que, dans la discussion qui allait suivre, elle allait sans doute abandonner son rôle de mère, mais elle trouvait que cette année, de toute façon, Baptiste avait abandonné son rôle de fils. Il avait besoin de prendre son envol, de vivre sa propre existence, comme son père pendant ses chasses gardées entre hommes aux quatre coins de la planète. Alors elle n'avait pas à avoir honte. Elle ne serait pas celle qui reste de côté tandis que le monde bouge autour d'elle. Avant même que Bonnafond ne reprenne la parole, elle savait qu'elle allait accepter son offre.

Il avait été très clair. Le poste qu'il lui proposait, puisqu'elle cumulait les compétences d'une secrétaire et d'une styliste et qu'elle connaissait bien l'entreprise, n'était ni plus ni moins que celui d'assistante personnelle. Rien de graveleux là-dedans, avait-il ajouté sans sourire, je suis marié et très heureux de l'être. Mais j'ai besoin qu'on me seconde. Qu'on puisse prendre des décisions lorsque je suis à l'étranger ou indisponible. Qu'on dresse des rapports, des dossiers. C'est une présence de tous les instants. Il y a bien sûr des congés spécifiés sur le contrat, mais mon assistante *personnelle* (et il avait insisté à nouveau sur l'adjectif) doit pouvoir être contactée même en vacances. Je vous expose tous les désavantages d'emblée pour que vous compreniez bien dans quoi je vous embarque. Je n'ai pas l'intention de vous prendre en traître. Janick avait quand même hasardé un : « Mais et Mme Lassalle ? » puisque c'est elle qui jusque-là détenait cette position à la fois dorée et empoisonnée, jalousée, crainte et respectée par tous les employés de chez Bonnafond et Fils.

« Mme Lassalle est enceinte et ne souhaite pas continuer l'activité qui était la sienne, parce qu'elle empiète beaucoup trop sur la vie privée.

— Je comprends.

— Vous avez déjà un enfant si je ne m'abuse, madame Lorrain ?

— Absolument. Il a douze ans bientôt. Il est au collège. Il est très indépendant.

— Excusez-moi d'être brutal, mais pensez-vous agrandir la famille ? Vous n'êtes pas obligée de répondre, ni de dire la vérité.

— Je suis trop âgée pour cela désormais, monsieur Bonnafond.

— Bien. Je vous donne quand même du temps pour réfléchir, parce que c'est un vrai engagement.

— Vous avez parlé des inconvénients, monsieur Bonnafond. Pouvons-nous évoquer les avantages maintenant ? »

Un bon rire, venu du ventre. Janick n'avait jamais vu son patron en proie à l'hilarité. Pour elle, il était constamment soucieux, front plissé, léger tremblement des lèvres, regard concentré et aigu. Elle a craint un moment d'avoir commis un impair mais non, au contraire, il a assuré apprécier ce qu'il a appelé son « impertinence ». Il est redevenu brusquement sérieux et a annoncé un salaire triplé – oui, triplé –, la possibilité de rencontrer de grands noms de la mode et pourquoi pas de leur soumettre ses idées, un poste qui pourrait être un tremplin vers l'ailleurs mais qui serait avant tout une plongée dans le monde dangereux des affaires, à ses côtés. Elle a entrevu. La délicatesse des coups fourrés. Le bruit de la soie qui se déchire. Les combats à pas feutrés. Elle a senti le délicieux frisson du poison. Elle a balbutié : « Pourquoi moi ? » Il a rétorqué du tac au tac : « Les dessins. » Ils prouvent, a-t-il dit, son potentiel et aussi cet ennui qu'elle doit traîner avec elle, cette frustration de ne pas être ce qu'elle pourrait devenir, c'est le sel même des entrepreneurs, de ceux qui font bouger le monde, « et le monde, croyez-le, Janick, a-t-il ajouté la mine sombre, il va bouger dans les années à venir plus qu'à n'importe quelle autre période, quand je pense à tous ces apprentis révolutionnaires de Mai 68 qui croyaient et croient souvent encore que les ouvriers tiendront le haut du pavé et que la Révolution est en marche alors que la seule chose qui ne marche pas, mais court, vole, s'envole, c'est la consommation et que la consommation est au cœur même du capitalisme et que tous ces pourfendeurs du "système", comme ils aiment se nommer, sont les premiers à se jeter sur le nouveau disque de leurs idoles ou sur des habits produits à l'étranger et vendus ici avec une marge dont aucun distributeur n'oserait rêver, ils ne comprennent pas qu'ils sont les dindons de la farce, pris dans un piège qui les dépasse et que nous, vous et moi si vous me rejoignez, Janick, mais j'ai confiance, je sais que vous le ferez, même si votre mari clame son appartenance à la gauche, que vous et moi donc nous organiserons. »

Janick a souri en pensant à la fameuse phrase de Cocteau « puisque tous ces mystères nous dépassent, feignons d'en être les organisateurs », et Bonnafond a cru qu'il s'agissait d'une marque de complicité. Il était satisfait de son petit laïus. De sa vision aussi – une femme tenant les rênes d'une entreprise, une femme qui saura à la fois dessiner et commander, une femme du sérail qui aura appris le métier de l'intérieur, ce sera imparable auprès des clients et des investisseurs, a-t-il pensé. En temps voulu, Janick Lorrain deviendra la vitrine de la compagnie, même si bien sûr c'est lui qui continuera à tirer les ficelles – simplement, il est lucide : son nom à lui sonne trop années cinquante, vieille France, mollasson, rien que la sonorité, « Bonnafond », on dirait un canapé fatigué dans lequel on va s'assoupir un dimanche après-midi en regardant la télévision, il faudra d'ailleurs songer à changer le nom de la boîte. Mais il ne devait pas se laisser aller, Janick Lorrain était toujours là, en face de lui, attendant l'autorisation de partir. Alors il a lancé : « Vous pouvez y aller, Janick. Vous avez le week-end pour réfléchir à tout cela. »

Ce soir-là, donc, Janick a été soulagée d'apprendre qu'elle serait seule. Elle avait envie de profiter de ce moment et d'envisager la vie loin de ce groupe scolaire qu'elle s'était mise à détester, dernièrement. Elle n'allait pas rester moisir ici toute sa vie, comme toutes ces bonnes femmes, les Joyeux, les Lespinasse, la grosse Coudrier, la Goubert – non, elle retire ce qu'elle vient de dire. Elle l'aime bien, la Goubert, au fond. C'est avec son fils qu'elle a un peu plus de mal.

Elle a tiré des plans sur la comète – à un moment donné, ils ne pourraient plus rester ici, il leur faudrait un pavillon, dans un de ces nouveaux lotissements de l'agglomération avec un petit carré de jardin et, si les affaires se mettaient à vraiment marcher pour elle, une piscine, oui, pourquoi pas, elle imaginait la tête des amis de son mari quand ils découvriraient le bassin, ah, ça, une piscine, oui, ça prouvait qu'on avait du standing, même si on venait du trou du cul du pays, la piscine, c'était une évidence jetée à la tête du monde, la Janick, figurez-vous qu'elle a *réussi*. Ou non, finalement, mieux – un appartement spacieux au centre-ville. Dans ces quartiers que la municipalité a récemment décidé de réhabiliter, dépensant des millions pour refaire les façades, paver les places, transformer les ruelles noires et sales en patrimoine médiéval et donner à l'ensemble un cachet qu'il n'a jamais eu au Moyen Âge. Oui. Un appartement de cinq pièces avec deux salles de bains – une avec douche, l'autre avec baignoire – agrémentées de fauteuils Emmanuelle et de plantes grasses, ce serait du plus bel effet.

Pourtant, il y avait un hic. De poids. Gérard. Il ne cadrait pas avec la vie qu'elle était en train de se forger. Si encore il avait abandonné sa carrière d'instituteur pour se consacrer à temps plein à ses désirs d'aventure et ses escapades au bout du monde, elle aurait pu s'en accommoder. Il aurait été facile, au détour d'une conversation, de glisser que Gérard – mais quel prénom aussi, il faudrait le rebaptiser, son deuxième prénom c'était Lorenzo parce que c'est ainsi que s'appelait son grand-père maternel, c'était quand même nettement plus intéressant, elle lui proposerait de l'appeler Lorenzo maintenant en société – que Lorenzo donc était en train d'escalader les sommets des Andes ou de bivouaquer dans le désert de Gobi. Elle l'inventerait grand reporter ou agent gouvernemental en mission de reconnaissance diplomatique (le genre de titre qui ne dit rien à personne mais qui en impose). Mais fonctionnaire, franchement. Et encore, il y avait des fonctionnaires tout à fait fréquentables, dans la justice ou dans les ministères. Mais bon, *instituteur*, quoi. C'était à désespérer.

Elle avait prononcé cette dernière phrase à voix haute et elle avait sursauté. Elle s'était vue, soudain, avec son Martini à la main, dans ce logement dans lequel elle avait été heureuse d'emménager à la naissance de Baptiste. Elle avait eu honte de ses élucubrations. Bonnafond l'appréciait pour ce qu'elle était, elle ne devait pas l'oublier, ni renier ses origines. Elle marmonna un « tu files un mauvais coton, ma fille ! », vida son verre dans l'évier et se mit à dessiner.

Dessiner. Créer. Sa passion, elle était là. Quand Gérard rentrerait, elle se montrerait plus amicale que ces derniers temps. Elle ne se refuserait pas, s'il lui prenait des envies charnelles. Elle ne parvenait pas à se rappeler la dernière fois où ils avaient fait l'amour.

Elle a été stupéfaite de constater que ses pensées à lui s'étaient également libérées pendant son séjour à Paris. Lorsqu'il en était revenu, il était volubile. Ces deux jours à l'écart du groupe scolaire lui avaient fait le plus grand bien, disait-il. Il avait dormi comme un bébé et il était revenu la tête pleine de projets pour eux deux. Il envisageait un voyage dans le désert, comme elle l'avait suggéré au téléphone sans bien réfléchir à ce qu'elle racontait. Ou alors au Kilimandjaro, sous les cieux immenses, sans sa bande, sans Baptiste, juste elle et lui. Elle sait pertinemment qu'ils n'effectueront jamais ces périples, mais elle a été heureuse de l'entendre parler ainsi et de se rendre compte qu'au fond ils étaient encore sur la même longueur d'onde. C'est bien, d'avoir un socle, au moment de prendre son envol. Elle a tout expliqué à Gérard, hier. Il en est resté sonné et bouche bée. Mais elle a confiance en l'avenir. Elle prend une longue inspiration. Elle est heureuse. Ils sont au bord de l'épanouissement, tous les deux. Tout au bord.

Elle est là, Janick, dans les derniers rangs. Elle s'est composé une mine affable. Elle ne prête pas attention aux numéros qui s'enchaînent – si, elle a bien aimé celui des petits de Bettina Calvert, au moins ça change un peu et puis le rythme est entraînant. Elle est atterrée par la tenue choisie par la Coudrier, cette robe d'été à motifs de fruits, c'est absolument terrifiant, comment peut-on encore porter des horreurs pareilles alors que la tendance est clairement au retour à une certaine sophistication discrète ? Elle n'aimerait pas être Geneviève Coudrier.

Michèle Goubert passe à côté de Janick Lorrain qui lui touche le bras. Michèle sourit et Janick pense qu'un jour elle ferait bien le portrait du sourire de cette femme, il éclaire littéralement son visage, des dizaines d'ampoules et de chandelles intérieures qui changent sa physionomie. On est d'emblée charmé et sans défense. Paradoxalement, cela agace aussi, parce qu'on voudrait garder pour soi cette chaleur qui coule tout à coup dans les veines. Or, on se rend bien compte que tout le monde est à la même enseigne et qu'il faut partager ce bien-être, cette impression d'être comprise. Michèle se penche vers Janick. Elle porte une robe en coton noire rehaussée d'une bande rouge, un peu décalée pour le lieu – une façon discrète de se railler du surnom que lui donnent les dames de service, « la Belle Andalouse ». Janick se dit qu'elle pourrait être vraiment ravissante, Michèle, sans ce grand nez et ces couronnes trop voyantes sur les molaires.

« Janick, ne le répète pas, mais je déteste les fêtes d'école. Toute cette agitation, toutes ces répétitions pendant des semaines durant, pour deux petites minutes qui ne servent à rien.

— À fabriquer des souvenirs, peut-être ?

— C'est si important que ça ? Dans quelques années, toutes les photos prises finiront dans un carton qui montera au grenier et que personne ne regardera jamais. Et quand les petits-enfants en hériteront, ils jetteront tout au feu.

— Je te trouve bien sombre, dis donc. »

Michèle hausse les épaules. Elle répond que sombre, non. Au contraire. Elle se sent même, elle cherche l'adjectif, radieuse. Elle rit, porte la main devant sa bouche, admet que ça ne se voit peut-être pas.

« C'est que… c'est comme un printemps. On est encore jeunes, non, Janick ? On peut encore… je ne sais pas… croquer, dévier, inventer, découvrir.

— Eh bien ! Sacré programme !

— Tu n'es pas d'accord ? »

Janick brûle d'envie de lui confier Bonnafond, l'évolution de sa carrière, l'avenir qui se dessine, mais elle se retient. Elle n'a jamais eu d'amie. Elle n'a pas assez confiance en l'autre. Alors elle sourit à son tour, elle réplique que si, sans doute, qu'est-ce qu'elle aurait envie de modifier ? Michèle soupire. Elle montre d'un geste la cour, le bâtiment en briques, la corniche d'où l'année dernière Philippe a failli tomber, les élèves en costumes, les trois cours de récréation, les parents d'élèves, les mères maquillées, les pères le sourcil froncé, Geneviève Coudrier, Gérard Lorrain et même Charles Florimont qui fend la foule pour rejoindre l'autre cour d'école où se déroule le premier match de handball, le décorum, tout ce ridicule décorum.

Alors Janick sent quelque chose en elle qui cède. Elle s'est rarement sentie autant en phase avec une autre femme. Elle prend Michèle par le bras et, ensemble, elles traversent la cour. Les spectateurs s'écartent, elles sont les reines du jour tandis que Janick murmure que le monde change, oui, le monde est en train de changer, mais que cela ne lui fait pas peur. Au contraire. Il est temps. Il est grand temps.

3

La fête est finie

Gérard Lorrain gare sa voiture à l'entrée du chemin de terre. En ce mercredi matin de fin juin, il n'y a personne alentour. Il ne comprend pas exactement ce qui l'a amené ici, près de ce lac artificiel qu'il conspue régulièrement. Ce lac qui a transformé la région, depuis sa création au début des années soixante-dix. Se sont développés des clubs de voile, des activités récréatives – dont dernièrement, un parcours de santé, c'est la nouvelle mode, maintenant, chacun veut aller courir un peu en escaladant deux ou trois rondins et prétendre qu'il s'est « bien dépensé ». La nouvelle étendue d'eau a même changé la météo – les paysans, en tout cas, en sont persuadés : avant, les hivers étaient plus rudes, les étés plus chauds et il y avait moins de pluie. Pour un peu, on serait passé d'un climat continental à un modéré tendance Bretagne. Gérard pense parfois aux maisons englouties qui dorment maintenant dans la vase. Il y a eu quelques protestations, mais pas autant qu'il l'aurait cru.

Les villages, par ici, étaient désertés et la perspective de ce plan d'eau, le plus grand de son genre en Europe, allait drainer des touristes, stimuler l'économie, entraîner la construction de résidences secondaires et même principales, le poumon même du département allait être déplacé. Et puis, c'était le Progrès, voilà tout. Le lac allait jouer le rôle de régulateur de la Seine et empêcher les crues centennales parisiennes. On ne pouvait pas lutter contre le changement, de toute façon, toute résistance était vaine. Il fallait l'épouser.

Gérard Lorrain a un rire sec qui résonne dans l'air matinal. Épouser le changement – il est en plein dedans. Il n'ose pas parler de Geneviève Coudrier à Janick. Inutile, d'ailleurs, elle ne comprendrait pas. Geneviève, de son côté, s'est bien gardée d'avouer quoi que ce soit à son brave mari, pour les mêmes raisons. Ils se sont promis de briser là l'élan incontrôlé qui les avait poussés l'un contre l'autre à Paris mais, par deux fois déjà, ils ont failli à leur promesse. La première, l'après-midi même de la fête de l'école, tandis que le dernier numéro, celui des grandes sections de la maternelle, se mettait en place et qu'on cherchait Lorrain partout, puisque, après cette prestation-là, les trois directeurs devaient prendre la parole pour conclure la journée. Lorrain était dans la cave du groupe scolaire, à quelques mètres des pieds des spectateurs de la fête qui s'enthousiasmaient devant la chorégraphie approximative des petits de Bettina

Calvert. La deuxième, hier au soir, alors que Janick venait de lui exposer son plan de carrière et comment les années à venir allaient sensiblement modifier les rapports d'équilibre au sein de leur couple, expliquant en substance que Gérard avait arpenté le monde avec ses amis sans qu'elle ne pipe jamais mot et qu'il devait donc maintenant se montrer beau joueur et la laisser emprunter seule la fusée sociale qui l'élèverait vers le firmament. Il avait hoché la tête – il n'avait aucun argument valable à opposer à la libération de cette femme qu'il avait toujours souhaitée indépendante. Il avait seulement tenté un timide « mais Baptiste ? » qui était tombé, gris et désolé, sur le sol de la cuisine, parce qu'ils savaient tous les deux que Baptiste irait bien, que ni l'un ni l'autre ne le couvait et qu'il grandissait finalement davantage au milieu de ses amis qu'entre ses deux parents. Janick avait aussi parlé d'adaptations et de déménagements, de standing et de classe, des mots qui n'avaient jusque-là jamais franchi le seuil du logement de fonction. Au bout d'une heure de discussion, il était épuisé et il était sorti dans l'air doux de cette mi-juin. Il s'était assis sur un des bancs de pierre de ce jardin public qui s'étalait devant ses fenêtres et dans lequel il n'allait jamais. Un couple avec deux fillettes l'avait salué. Un petit garçon qui faisait du vélo s'était éloigné fissa en le voyant s'installer. Gérard avait fermé les yeux. Quand il les avait ouverts à nouveau, Geneviève était là, dans une robe verte à boutons-pression.

Elle était à la fenêtre quand il était sorti de chez lui. Elle avait prétexté du linge à récupérer dans la cour derrière – d'ailleurs, elle y allait de ce pas. Elle voulait juste s'assurer que tout allait bien. Elle avait repris à la hâte les vêtements sur les fils et ils s'étaient à nouveau retrouvés tous les deux à la cave, cette fois-ci dans ce même recoin où quelques mois plus tôt Philippe Goubert avait entendu la sentence prononcée par Baptiste, dont la mère trouvait qu'il *avait des manières*. Ni Gérard ni Geneviève n'en firent, des manières, ce soir-là – mais cela ne résolvait aucun problème, seulement des tensions temporaires.

Gérard pensait que l'amour physique l'aiderait à plonger dans le sommeil. En fait, il n'avait pas fermé l'œil de la nuit et avait poussé le vice jusqu'à se rendre à la boulangerie au petit matin pour rapporter à Janick et à Baptiste des pains au chocolat encore fumants. Pour sa part, il avait seulement englouti un café et il s'était retrouvé au volant de la voiture. À nouveau, il ne savait pas où aller. Il s'était dirigé au hasard, une rue, puis une autre – ce n'était pas désagréable au fond de n'avoir de contrôle sur rien. Il s'était retrouvé sur la départementale qui menait au lac – à ce lac où il n'allait jamais parce que avec ses plages artificielles, il n'était pour lui synonyme que de crème solaire bon marché, de chair rougeaude étalée et de plaisanteries grasses. La nature matée et modelée par l'homme pour l'homme – il n'y avait rien de plus triste à ses yeux.

Faire un tour. Marcher dans cet environnement désert pour le moment. Tenter de remettre une vie en marche et de trouver une direction. Jusqu'à il y a peu, tout semblait si simple. On écoutait ses parents. On tentait de les dépasser. On amassait de l'argent et des responsabilités parce qu'on accomplissait bien les tâches qui nous incombaient. On montait tranquillement l'échelle sociale, tous ensemble, le confort dans les logements, l'eau chaude, les cuisinières électriques, la machine à laver, le monde entier marchait vers un avenir meilleur où les hommes et les femmes auraient davantage de temps à consacrer à leurs loisirs. Parfois, oui, il y avait des mouvements révolutionnaires, des insurrections, des centaines de morts dans les pays d'Amérique latine ou d'Asie, un mois de mai révolté en France, mais, bon an mal an, dans leurs rafiots, les hommes tenaient plus ou moins le cap. Et puis il y avait eu, quoi, un raté, une faiblesse, on avait failli tomber et en se relevant, on avait remarqué que le monde s'était légèrement modifié. On s'était dit que ce n'était pas si grave, tout semblait avoir repris sa place, mais très vite il avait fallu se rendre à l'évidence, les lignes avaient bougé, révélant des failles, des gouffres, des abîmes, de nouvelles aspirations se faisaient jour, des revendications, des décisions. Reine Esposito se mettait à courir le long des murs de briques en hurlant qu'elle voulait être prise, là, maintenant. Geneviève Coudrier se détachait de l'encoignure dans laquelle on pensait qu'elle resterait jusqu'à la fin de sa vie et se mettait à exister pleinement. Janick, guidée par un patron soudain devenu mentor, tirait des plans sur la comète et transformait le quotidien en piste aux étoiles. Aucune de ces femmes ne lui demandait rien – elles s'imposaient, dans la démence ou dans l'assurance tranquille, et elles souriaient en ajoutant que le monde ne serait plus jamais le même. Les écoles étaient mixtes. Des inspectrices remplaceraient bientôt les inspecteurs et viendraient s'installer au fond des salles de classe pour juger du travail effectué. Gérard Lorrain et ses amis randonneurs deviendraient en quelques années une survivance, un morceau de cet univers où jadis les hommes pensaient qu'ils menaient la danse.

Gérard Lorrain s'assied sur l'un des rondins de bois clair qui marque l'entrée du nouveau parcours de santé. Le dimanche matin, désormais, des dizaines de familles viennent ici prendre le bon air et « se dépenser sans dépenser un sou » comme le proclament les panneaux publicitaires qui ont fleuri aux alentours. Il fait beau. Une aigrette avance prudemment dans l'eau. Gérard Lorrain n'envisage pas l'avenir. Il cligne des yeux – le reflet du soleil – et se demande à nouveau ce qu'il fabrique ici. Il devrait être en train de signer des papiers et de régler des problèmes dans son bureau. L'image de son fils passe devant ses yeux. Il aimerait bien savoir ce qu'il lui a transmis, jusqu'à présent. Il faudra sans doute qu'il prête plus d'attention à cet enfant qui a poussé dans son ombre sans jamais poser de questions. Baptiste a passé une période difficile, dernièrement, et Gérard se rend compte qu'il ne lui a pas davantage marqué d'affection ou d'attention. Un autre père aurait maladroitement tenté une blague ou serait entré dans la chambre au moment du coucher en prononçant la sempiternelle phrase : « Tu sais, tu peux me parler si tu as besoin » dont tout le monde sait à quel point elle est fallacieuse mais précieuse aussi, puisqu'elle donne l'illusion que, oui, un jour, une fois les affres de l'adolescence oubliées, une communication sera possible. Gérard Lorrain s'en veut. Il sait que Janick s'y est collée, elle. Elle a même été prendre conseil chez d'autres familles du groupe scolaire, les Goubert notamment – Gérard avait trouvé cela vraiment curieux sur le moment, mon Dieu, les Goubert, entre tous, avec leur gamin tellement bizarre que Gérard avait détesté avoir en classe, toujours attentif, mais toujours ailleurs en même temps, et gauche, gauche que c'en était vraiment problématique. Il le revoit, là, le gamin Goubert, les larmes aux yeux parce qu'il n'arrivait pas à découper l'oiseau sur la feuille jaune, en suivant les pointillés, ce n'était pourtant pas sorcier, tous les autres y parvenaient sans problème. Et puis être gaucher ne pouvait pas être une excuse à tellement de sensiblerie, non ? Si ?

D'un seul coup, Gérard Lorrain a un doute.

Et tandis que ce doute s'installe, telle une tache sombre au coin de l'œil droit, il devient conscient d'un poids sur son bras. Il est surpris. Il jette un coup d'œil. Rien. Il bouge ses épaules. Il devrait rentrer maintenant. Il n'a rien à faire là. Il ne fait pas partie de ces hurluberlus qui vont courir dans les forêts. Il sait ce que c'est, le vrai exercice physique. Celui qui demande de la concentration. Ce mélange d'audace et de prudence qui l'a toujours caractérisé, lui, Gérard Lorrain car jamais, au grand jamais, il n'a mis en danger la vie de ses camarades. Pourquoi est-ce que l'image de Philippe Goubert avec ses ciseaux à la main ne s'éloigne-t-elle pas ? Et cette obscurité lumineuse à droite – on dirait qu'en plein milieu du jour, la nuit veut reprendre possession des lieux. Une nappe de brouillard sans doute – elles ne sont pas rares dans les parages, depuis que la cartographie a changé. Il paraît qu'il y a une église, au fond du lac, une église dans laquelle personne n'allait plus, une église avec son cimetière, c'est étrange, en s'enfonçant dans les algues, on foule les os de ceux qui sont enterrés là, mais sont-ils encore enterrés s'ils sont noyés au fond de l'eau, oui, je suis désolé, voilà, c'est dit, désolé, je n'avais pas besoin de m'énerver contre toi, surtout que le rééducateur a bien précisé que tu n'y pouvais rien, une patte gauche, c'est une patte gauche, et avec les ciseaux eh bien, c'est un véritable handicap, mais qu'est-ce que tu fais à me suivre aussi, va-t'en je n'ai rien à te dire, c'est curieux ce brouillard quand même, ce n'est pas tellement la saison, je n'ai jamais aimé le brouillard, c'est probablement la seule manifestation naturelle dont j'ai peur, je me souviens qu'un jour, nous étions avec les copains dans les Andes, près de Huaraz dans la Cordillère blanche et d'un seul coup, cette nappe étrange, d'un jaune orangé, presque doré, les guides locaux se sont mis à trembler comme des feuilles, c'était les dieux, disaient-ils, les dieux anciens, les dieux incas. Ils voulaient revenir au camp de base, ils poussaient de petits cris aigus, ils ont fini par fuir, nous laissant là, combien étions-nous, cinq, six, peut-être, voyons il y avait Serge, et puis aussi, je ne retrouve plus les noms, c'est agaçant de ne pas retrouver les noms, et puis j'ai mal à l'épaule et au bras, j'ai froid, c'est à cause de la brume, nous étions là immobiles, nous avons attendu de très longues minutes qu'une déchirure dans les nuages nous permette de voir où nous mettions les pieds, nous nous hélions, nous tentions des blagues, mais la nappe dorée était tellement épaisse que les mots semblaient mourir avant d'atteindre l'interlocuteur, je me suis dit ce jour-là, la mort c'est sûrement comme ça, c'est un brouillard qui s'étend et pourquoi es-tu là, toi, avec tes ciseaux de gaucher, je me suis déjà excusé non, tu me prends la main, mais les élèves ne prennent pas la main de leurs enseignants, c'est contre nature, non, je ne bougerai pas, je sais que lorsqu'il y a autant de brume, il faut se figer et attendre, faire le mort, comme devant n'importe quel danger imminent, et puis se raconter des histoires, retourner dans ses souvenirs, j'ai aimé tous mes voyages, oui, je les ai tous aimés mais c'est curieux tu vois, Philippe, ce que je voudrais revoir là, maintenant, c'est chez moi, chez nous, Janick, Baptiste, moi, tes parents, toi, les Lespinasse, les Coudrier, Geneviève, et même Charles Florimont, c'est presque une famille, non, un groupe scolaire, une société minuscule, un théâtre de poche, mais chaleureux, oui, chaleureux, ensoleillé, radieux, c'est ça, un groupe *solaire*, un vrai *groupe solaire*, elle est bonne celle-là, non ? Un groupe solaire, c'est ce que nous avons formé et nous pouvons résister à tous les brouillards, tu aideras Baptiste à résister au brouillard, hein, Philippe, avec ta patte gauche et ta maladresse, tu feras attention à ce qu'il n'ait pas froid, d'accord, hein ? Oui ?

4

Une étrange épiphanie

C'est à ce moment-là que Philippe se rend compte pour la seconde fois qu'il est vivant.

Il est en train de prendre son bain en ce mercredi matin tranquille – son père au travail, sa mère retranchée dans sa classe à préparer les ateliers du lendemain. Il se détend en écoutant les succès du moment sur la petite radio orange qu'il a reçue pour sa communion et qui est perchée en haut de l'armoire à pharmacie. Le bain commence à refroidir et il va remettre un peu d'eau chaude quand il ressent une violente douleur dans le bras gauche, une douleur qui le pétrifie pendant quelques secondes. Brutalement, il se retrouve au beau milieu d'un étrange décor aquatique, des algues, une église à moitié ensevelie au fond d'un étang ou d'un océan. Instinctivement, il se débat, donne un coup de pied sur le sol meuble pour remonter à la surface, mais lorsqu'il respire enfin l'air frais du matin, il n'y voit goutte : une immense nappe de brouillard recouvre le décor. Impossible de savoir où on se situe. Impossible de comprendre également ce que ces ciseaux font dans sa main gauche. Pris de panique, Philippe pousse un hurlement et la vision se déchire. En un clin d'œil il est de retour dans la salle de bains vert et blanc, avec la radio orange en haut de l'armoire à pharmacie. La douleur dans le bras a disparu.

Philippe sort de la baignoire en grelottant, s'enveloppe dans la serviette marron et reste assis immobile et terrorisé pendant de longues minutes. Petit à petit, son cœur se calme. Ce n'est rien. Il a dû s'endormir dans le bain et il a fait un cauchemar. Oui. C'est tout à fait probable. Cela arrive tout le temps. Inutile d'alarmer qui que ce soit.

Philippe a l'impression que sa peau vibre – il devient conscient de chaque terminaison nerveuse, de chaque muscle, de chaque tendon. Il se souvient avoir ressenti la même chose, l'année dernière, lorsqu'il était suspendu à la corniche. Philippe a une révélation – mais oui, bien sûr, c'était pile un an auparavant. C'est sans doute une sensation qui va revenir à chaque anniversaire, pour lui rappeler de ne plus se mettre en danger de la sorte et pour lui faire comprendre qu'il doit être plus attentif à ce corps qu'il oublie de remercier de fonctionner correctement. Philippe murmure une excuse, les yeux baissés.

Il va tout à fait bien maintenant. Quand sa mère remontera de l'école, il ne dévoilera rien. Pas la peine de l'inquiéter – elle a déjà bien assez à faire avec les emportements de son mari contre

Bettina Calvert, et avec cette étrange relation qu'elle entretient maintenant avec Charles Florimont – ils sont tellement empruntés l'un en face de l'autre. Philippe ne parvient pas à saisir quand ni pourquoi leurs rapports se sont modifiés.

Ces changements n'ont pas altéré l'affection que se portent Charles et Philippe. Stimulé par les activités proposées par Florimont et par le regard bienveillant que son instituteur pose sur lui, Philippe Goubert prend confiance – parfois trop. Charles Florimont est bouleversé par cette mue qui, en quelques mois, commence à se sentir dans tous les domaines – dernièrement, Philippe Goubert est parvenu à monter en haut d'une des cordes du gymnase, et même à égaler le record de rapidité établi en début d'année par Christophe Choucat. Gérard Lorrain n'a pas voulu le croire et il a fallu recommencer la performance rien que pour lui, mais Philippe ne s'est pas démonté et a poussé le vice jusqu'à s'accrocher à la poutrelle métallique, une fois au plafond. Charles espère qu'ils en discuteront en privé, Lorrain et lui. Lorrain doit comprendre que la façon militaire dont il s'adresse aux gosses n'a jamais convenu à tout le monde et, en ce mitan des années soixante-dix, ne convient plus à personne. Le monde est en train de changer et il est contre-productif de s'arc-bouter sur ses anciennes croyances. Elles seront balayées comme les autres. Mai 68 a perdu le combat politique mais gagné la bataille culturelle : les idées de liberté et les envies de transgression se disséminent dans la société et, même si les hippies français semblent dernièrement s'effacer au profit d'une génération superficielle et clinquante qui ne vit que pour les samedis soir en discothèque, leur héritage restera ancré dans les différentes couches du pays. Lorsqu'il se parle ainsi intérieurement, Charles sent gonfler en lui les voiles des discours enflammés qu'il s'imagine tenir devant des assemblées subjuguées. Il a du mal à redescendre, ensuite.

Charles Florimont. C'est à lui que pense Philippe en tentant de retrouver son calme. S'habiller. Choisir le jeans acheté à prix d'or, le tee-shirt rouge et bleu avec un logo rappelant le bicentenaire de l'indépendance américaine. Est-ce qu'il peut confier à son instituteur ce qui vient de lui arriver, dans la baignoire ? Est-ce que Charles Florimont est si différent des autres adultes ? Philippe n'en est pas tout à fait persuadé – il l'a vu piquer des colères qui l'ont figé sur place. Non. Le mieux est sans doute de s'épancher dans un cahier. Un agenda. Un journal intime. C'est pour les filles, les journaux intimes, mais on s'en moque si personne n'est jamais au courant. Il faudra bien le planquer. Au grenier, par exemple – parmi les vieux cartons de livres. Personne n'ira le chercher par là.

Philippe finit de lacer ses chaussures et décide qu'il ira en acheter un ce matin. Il se connaît : s'il repousse son projet ne serait-ce que de quelques heures, celui-ci ne verra jamais le jour. Il secoue la tirelire en forme de kiosque à journaux parisien qu'il a reçue de sa grand-mère l'année dernière. Il prend tout ce qui reste – il ignore le prix d'un agenda. Le plus simple, ce serait d'aller tout au bout de la rue Denis-Diderot : il y a là un Prisunic qui vendra sans doute ce qu'il recherche. Pourtant, Philippe penche pour l'autre solution – le centre-ville. À une demi-heure de marche au moins. Trois avenues à traverser. Des dizaines de rues à longer. Il ne s'y est jamais aventuré seul, mais il pense avoir mémorisé l'itinéraire. Il sent brièvement ses entrailles se contracter. Il est possible qu'il se perde. Qu'il fasse de mauvaises rencontres. Que tout cela tourne en eau de boudin. Mais, pour la première fois depuis très longtemps, probablement depuis sa fugue avortée, il a envie d'enfreindre les règles. Il ne préviendra pas sa mère – de toute façon, elle ne remontera pas avant l'heure du repas, et il sera revenu depuis belle lurette. Et si jamais elle ne le trouve pas dans l'appartement, elle pensera qu'il est dehors, dans le terrain vague derrière, dans la cabane où personne ne se rend plus désormais. Ils se fréquentent à peine maintenant, Baptiste, Nathalie, Christian et les autres. C'est étrange quand on y pense. Cela aussi, il faudra le noter. Peut-être que le fait de l'écrire permettra de comprendre ce qui s'est joué, cette année. Charles Florimont dit que, souvent, l'écriture permet de remettre de l'ordre dans les idées et dans les sentiments. Il encourage ses élèves à coucher sur le papier leurs impressions aussi souvent que possible.

C'est comme ça qu'ils trouveront leurs voies et leurs voix (et les élèves sont médusés par cette homophonie si poétique) et qu'ils développeront une expression vraiment personnelle. Ils hochent tous la tête et ils retournent à leurs moutons. Pas Philippe. Philippe baisse les yeux et réfléchit. Il est persuadé que Charles Florimont a raison. Il se demande s'il écrit un journal intime, Charles Florimont.

Philippe Goubert regarde ses nouvelles chaussures – des Stan Smith blanc et vert que Christian Coudrier lui envie beaucoup. Il n'a rien voulu d'autre, cette année, pour son anniversaire, à part un blue-jeans, un vrai, pas un qui vient d'un stand sur le marché ou du magasin de vêtements pour enfants à côté du pont. Un d'une marque connue dans le monde entier. André a levé les yeux au ciel tandis que Michèle fronçait les sourcils. Voilà que le petit se mettait à avoir des envies d'être à la mode. Était-ce un bon ou un mauvais signe ? Ils étaient incapables de se décider. Ils avaient cédé. Ils concédaient que, dernièrement, Philippe avait beaucoup changé. Moins pleurnichard. Moins craintif. Moins sentimental. Plus déterminé. Plus sombre aussi, ajoutait Michèle. André haussait les épaules. Ce n'était sans doute pas un mal pour un mâle – il souriait intérieurement de sa trouvaille. Il rendait silencieusement grâce à Florimont, dont l'influence avait sans doute été déterminante. Michèle était d'accord mais elle pensait que la compagnie de Christian

Coudrier et la brouille avec Baptiste Lorrain étaient avant tout responsables de cette modification d'humeur – tout comme la présence bénéfique de Nathalie Lespinasse aux côtés de Philippe. Aucun des deux ne pouvait imaginer que Janick Lorrain puisse avoir un impact quelconque sur la vie de leur fils.

Philippe est parti. Il descend la rue Denis-Diderot, tourne dans l'avenue Arago et s'aperçoit qu'il ne sait pas de qui il s'agit – non plus que ce Condorcet dont il traverse la place, ni que ce Coli (aviateur) dont on croise le souvenir. Il faudrait qu'il cherche leurs noms dans le Robert 2. Son cœur s'emballe tout à coup. Il y a tant de choses à apprendre, à retenir, à emmagasiner. Il a hâte d'être au collège, puis au lycée et encore après, parce qu'il y aura un après. Grandir, enfin. Découvrir des films, des livres, des villes, des pays, seul ou accompagné mais plus jamais guidé par qui que ce soit. Tracer son propre chemin. Sur le pont qui surplombe la voie ferrée, il s'accoude au parapet et laisse son regard porter au loin. Sur la droite, on devine l'arrière du groupe scolaire et la descente sur laquelle a été construite la cabane. Plus loin, la voie s'incurve avant de disparaître vers Dijon, Lyon, Marseille, toutes ces sonorités qui n'évoquaient jusqu'à présent que des horaires SNCF ou des points sur les cartes de géographie mais qui deviennent réelles, tout à coup, et en attente de visite. Philippe presse le pas maintenant. Il court même. C'est une sensation extraordinaire.

Il se revoit accroché à la corniche – cette plénitude inattendue, au milieu de la frayeur.

Lorsqu'il s'arrête devant la grande librairie de la rue Émile-Zola, parce que c'est là, a-t-il décidé, qu'il trouvera l'agenda parfait, il frissonne. Il vient d'entrapercevoir, sur la droite, le reste d'une nappe de brouillard. Il se fige sur le trottoir, manquant se faire renverser par un livreur, jette un coup d'œil à nouveau – non, rien – le soleil est partout, la chaleur commence à monter par le bitume, tout ira bien. Rien ne sera plus jamais pareil.

5

Bascule

Philippe jette un coup d'œil par la fenêtre ouverte. Il vient d'entendre des pas dans le jardin public. La soirée de juin est étonnamment muette, comme si les insectes aussi respectaient la douleur. En face, la Desplanques a fermé ses fenêtres alors qu'il fait encore chaud. Il n'y a personne dans la rue Denis-Diderot.

Philippe aperçoit le dos de Baptiste et celui de Christian. Ils ne se parlent pas. Ils sont assis sur un des quatre bancs en pierre, près du bac à sable. Philippe a entendu dire que tout cela allait disparaître bientôt. La pierre, c'est trop dangereux. Lorsque les enfants jouent et tombent, ils s'ouvrent les mains, les genoux, les lèvres, le crâne. Ils seront remplacés par des bancs en bois. Ouste le bac à sable aussi – le sable, c'est sale et salissant, on y attrape des bactéries, des microbes qui peuvent vous aliter pendant des mois, vous attaquer le cerveau et vous faire mourir. À la place, la mairie réfléchit à des jeux adaptés aux enfants de moins de huit ans. Les plus âgés ont leurs propres activités, des clubs, des terrains vagues sur lesquels ils construisent des cabanes – ils délaissent le bac à sable. Ils ne viennent que pour s'affaler sur les bancs et discuter. Ou se taire. Oui, le plus souvent, ils restent silencieux. Christian regarde droit devant lui – au fond, près du transformateur électrique, il y a ce marronnier dans lequel ils sont si souvent montés. Il se demande s'ils grimperont encore jusqu'à la cime, Baptiste et lui – parfois suivis par les Ferrant, jamais par Philippe Goubert, qui, en bonne poule mouillée, reste sur les premières branches, encore que, dernièrement, il se fasse un peu plus courageux. Christian se gratte le front. C'est difficile de voir l'avenir, désormais.

Les yeux de Baptiste sont collés au sol. Il ne veut pas les relever. Il a peur de cette absence de réaction qu'on lirait sur son visage. Il n'arrive pas à penser, encore moins à ressentir. Il a l'impression de marcher dans du coton – non, pas du coton, quelque chose de plus froid et de plus dangereux, une nappe de brouillard, oui, exactement, une nappe de brouillard. Il avance précautionneusement parce qu'on ne sait pas ce qui se cache autour, dessus, dessous, des trappes, des pièges, des monstres, des revenants.

Philippe ne réfléchit pas. Il referme son agenda. Hésite une seconde. Le range finalement dans le tiroir de son bureau – pour le grenier, on verra plus tard –, sort de sa chambre. Ses parents ne sont pas là, tous les adultes se trouvent chez les Lorrain, ce soir. Philippe dévale les escaliers et sort.

Au même moment, Nathalie et Julien Lespinasse traversent la rue qui les sépare du jardin public et Pascal Ferrant apparaît au coin du bâtiment. Ils répondent à un appel muet. Ils se regroupent tous sur un de ces bancs qui vont bientôt disparaître. Il n'y a pas assez de place pour tout le monde, bien sûr, alors on se serre – et personne ne râle. Le soleil n'en finit pas de se coucher sur le quartier. Ils entourent Baptiste Lorrain qui lutte pour ne pas se laisser déborder par l'émotion. Jusqu'à présent, il a bien tenu le choc. Son père serait fier. Il résiste aux différentes vagues – la famille, les parents d'amis.

Il a serré les dents devant le visage brouillé de sa mère et devant les sanglots intermittents de tous ceux qui sont passés à la maison. À un moment, Charles Florimont a fait remarquer que Baptiste devait étouffer ici, dans cet appartement où on veillait le corps. Baptiste a baissé la tête. Florimont a demandé s'il y avait des gens qu'il aimerait voir et Baptiste a répondu « tout le monde ». Sa voix s'est légèrement brisée sur « monde » et Florimont a senti les larmes lui monter aux yeux. On passe son temps à tenter d'oublier que la mort rôde, et parfois elle frappe de façon tellement ahurissante que la seule réaction possible, c'est de protéger les survivants et de se précipiter sur ceux qui nous entourent encore pour les assurer de notre amour. De notre chaleur au moins. Les tenir en vie. Voilà.

Se mettre en rond autour d'eux. Les réchauffer au risque de les asphyxier. Charles et Michèle se sont longuement regardés ce soir – dans le faisceau qui les a réunis pendant une minute pleine se sont succédé les images fondues-enchaînées, une route la nuit, les retrouvailles d'août dernier, le trajet en train avec Geneviève Coudrier et ce Lorrain qui gît maintenant dans la pièce d'à côté. Un chapitre s'est clos brutalement, mais ils savent tous les deux qu'ils ne sont pas au bout de leur histoire.

Florimont a parlé à Geneviève et elle s'est précipitée chez elle. Elle a ordonné à Christian de venir. C'est ce que font les amis, a-t-elle ajouté. Quand les temps sont durs, ils se serrent les coudes. Ils s'épaulent. Christian a hoché la tête. Il comprenait, oui, bien sûr, mais il était paniqué. Il ne savait pas comment se comporter. Qu'est-ce qu'on dit ? Qu'est-ce qu'on fait ? Comment on réconforte ? Geneviève Coudrier a pris une longue inspiration – des tableaux défilaient devant ses yeux, le corps de Gérard Lorrain, ses mains contre ses seins, la rougeur qui montait au creux de son cou, plus jamais, plus jamais – et d'une voix qu'elle aurait voulue plus assurée, elle a répondu que personne ne savait, que l'important n'était pas les mots, qu'il pouvait même ne pas y en avoir du tout, du silence, que du silence, mais la présence, Christian, c'est ça qui compte, la présence, et s'il pleure, tu le prends dans tes bras, même si ça te paraît idiot.

Baptiste avait voulu sortir. Il ne supportait

plus les messes basses, les pleurs étouffés, la chambre condamnée, le défilé des hommages. Il voulait retrouver l'avant – les portes et les fenêtres ouvertes, les pièces désertées, l'appel de sa mère quand elle rentrait « Baptiste ? », les conversations au dîner, les projets pour l'avenir – pas cette pesanteur soudaine, cette boue, cette glu. Il aurait embrassé Christian quand il avait sonné, flanqué de sa mère. En jetant un coup d'œil au visage défait de Geneviève Coudrier, Baptiste s'était dit que c'était bizarre, la mort, quand même : elle dévastait des gens qui connaissaient à peine le macchabée et laissait de marbre le fils de la victime, qui aurait dû être le plus secoué.

En passant avec Christian sous le porche de l'école des filles, Baptiste avait eu un léger vertige. Il n'avait pas voulu dévoiler sa faiblesse. Il avait simplement marmonné qu'ils n'avaient qu'à aller s'asseoir sur les bancs. Ensuite, cela avait été comme la chorégraphie d'une comédie musicale – Philippe d'abord, les Lespinasse et les Ferrant ensuite. Baptiste était particulièrement content de voir Philippe. Cela faisait des mois qu'ils ne s'étaient pas réellement parlé – et à peine vus, d'ailleurs. Il savait que sa mère et Michèle Goubert avaient évoqué ensemble leur dispute. Baptiste avait espéré une visite, mais rien n'avait changé. Baptiste avait fait une croix sur Philippe et il le regrettait – comme il regrettait les paroles qu'il avait rapportées. Il s'était promis, à l'avenir, d'être prudent. Il refuserait de colporter des ragots ou des jugements de valeur – c'est son professeur de français qui leur avait appris cette expression-là, *jugement de valeur*, et Baptiste s'était aperçu que tous les adultes qu'il côtoyait passaient leur temps à en émettre tout en étant persuadés qu'il s'agissait d'idées solidement ancrées et fondées. Il faudrait qu'il ait une conversation avec Philippe – une vraie, de celles où l'on exprime tout ce que l'on a sur le cœur et dont on sort comme lavé. Mais pas ce soir, non. Ce soir, il y a d'autres priorités. Comme d'aller à la cabane. Voilà. C'est de cela qu'il a envie maintenant. S'asseoir dans la cabane au milieu des autres et regarder les trains filer vers l'autre bout du pays.

Regardez-les.

Ils ont entre onze et quinze ans. Ils sont assis sur le plancher en bois, qui plie dangereusement. Ils se tiennent serrés les uns contre les autres. Au milieu, il y a Baptiste Lorrain. À sa droite, Christian Coudrier, Pascal Ferrant et ses frères. À sa gauche, Philippe Goubert, Nathalie et Julien Lespinasse. Ils racontent l'année qui vient de s'écouler. Ils trébuchent sur les mots – ils n'ont pas l'habitude. C'est Philippe Goubert qui leur a demandé cela. Comme ils se taisaient tous, il a fait remarquer que cela allait faire un an qu'ils avaient construit la cabane et qu'ils ne s'étaient pas trop vus, depuis. Qu'est-ce qui leur était arrivé, pendant tout ce temps ? Christian avait répondu que ce n'était pas très important et que

Baptiste n'avait peut-être pas envie de. Ledit Baptiste lui avait coupé la parole pour rétorquer que si, bien sûr. Il avait envie de savoir. Inutile de s'attarder sur ce qui n'en valait pas la peine. Juste les moments importants, les bons, les mauvais. Ce dont ils se souvenaient des douze mois qui venaient de s'écouler.

C'est Julien qui a commencé. C'est le plus âgé et il a l'habitude des exposés. Il a parlé de sa prof d'anglais qui a les cheveux argentés relevés en chignon et qui porte un pull en mohair vert d'eau et un collier de perles. Un jour, elle lui a intimé d'arrêter de la fixer comme ça, c'était très gênant, et lui, il a balbutié qu'il n'y pouvait rien, qu'elle représentait l'Angleterre pour lui. Elle avait ri, mais il croit aussi qu'elle a été touchée. Il est devenu le meilleur en anglais, alors que ce n'est que sa deuxième langue. À quoi ça tient.

Il y a eu un rire (Nathalie), quelques toussotements, un silence de quelques secondes et Pascal Ferrant a pris la parole à son tour.

Les jambes repliées, le menton sur ses mains, Philippe Goubert ne perd pas une miette des récits. Il devine qu'un jour, il faudra les retranscrire. Il sent à sa droite le corps de Baptiste qui s'affaisse peu à peu, vaincu par la fatigue et la douleur. Il jette un coup d'œil à Christian, qui hoche la tête – il a compris, lui aussi. Dans quelques instants, Baptiste va pleurer. Ils seront là, tous, pour étouffer les sanglots et adresser un adieu silencieux à l'enfance.

Philippe ferme les yeux. Il revoit sa main,

agrippée à la corniche. Et la vie le traverse à nouveau de toute part, faisant vibrer sa peau et battre son cœur plus fort. Devant ses paupières closes se dessine un paysage – un chemin de terre, un croisement, une fourche – des sentiers à l'infini. Il prend une inspiration profonde et emprunte mentalement celui le plus à gauche – évidemment.

PREMIÈRE PARTIE

PORTRAIT DE GROUPE

DEUXIÈME PARTIE

AUTOMNE

TROISIÈME PARTIE

PRINTEMPS

QUATRIÈME PARTIE
ÉTÉ

DU MÊME AUTEUR

Aux Éditions Buchet Chastel

LE BABY-SITTER, 2010 (Pocket)

G229, 2011 (Pocket). Prix Virgin-Version Femina

ET RESTER VIVANT, 2011 (Pocket)

06 H 41, 2013 (Pocket)

UN HIVER À PARIS, 2015 (Pocket)

MARIAGES DE SAISON, 2016 (Pocket)

LA MISE À NU, 2018 (Folio n° 6669)

LA GRANDE ESCAPADE, 2019 (Folio n° 6905)

UN SI PETIT MONDE, 2021

Aux Éditions Robert Laffont

JUKE-BOX, 2004 (Pocket)

UN MINUSCULE INVENTAIRE, 2005 (Pocket)

PASSAGE DU GUÉ, 2006 (Pocket). Prix Biblioblog

THIS IS NOT A LOVE SONG, 2007 (Pocket). Prix Charles-Exbrayat

À CONTRETEMPS, 2009 (Pocket)

Aux Éditions Delphine Montalant

ACCÈS DIRECT À LA PLAGE, 2003 (Pocket). Prix Littéraire Québec-France Marie-Claire-Blais 1979, 2004 (Pocket)

Composition Nord compo
Impression Novoprint
à Barcelone, le 8 février 2021

Dépôt legal : février 2021

ISBN 978- 2-07-288869-4./Imprimé en Espagne.

364306